智慧公主马小岚纯美爱藏本 ②

马翠萝 著

化学工业出版社
·北京·

图书在版编目(CIP)数据

我不是公主／马翠萝著．—北京：化学工业出版社，2015.6（2023.4重印）
（智慧公主马小岚纯美爱藏本）
ISBN 978-7-122-23535-0

Ⅰ．①我… Ⅱ．①马… Ⅲ．①儿童文学-中篇小说-中国-当代 Ⅳ．①I287.45

中国版本图书馆CIP数据核字(2015)第066606号

公主传奇　我不是公主　马翠萝著
ISBN 978-962-08-4661-8
本书为新雅文化事业有限公司授权化学工业出版社有限公司在中国大陆地区出版中文简体字版本，仅限于在中国大陆地区（不包括香港、澳门及台湾）发行销售。
未经许可，不得以任何方式复制或抄袭本书的任何部分，违者必究。
© 2012 Sun Ya Publications (HK) Ltd.

北京市版权局著作权合同登记号：01-2012-2898

| 责任编辑：张素芳 | 责任校对：程晓彤 |

出版发行：化学工业出版社（北京市东城区青年湖南街13号　邮政编码100011）
印　　装：大厂聚鑫印刷有限责任公司
880mm×1230mm 1/32 印张 5½ 2023年4月北京第1版第13次印刷

购书咨询：010-64518888　　　　　售后服务：010-64518899
网　　址：http://www.cip.com.cn
凡购买本书，如有缺损质量问题，本社销售中心负责调换。

定　价：16.80元　　　　　　　　　　　版权所有　违者必究

目录

第1章	公主驾到	5
第2章	皇家法典	12
第3章	初探首相府	22
第4章	这个国王好脸熟	31
第5章	花园里的秘密交易	37
第6章	三千亿遗产	44
第7章	小路尽头的鬼屋	52
第8章	地下室里的疯女人	62
第9章	从地下室出来的人	77
第10章	路边的女孩看过来	86

第11章	紫薇行宫里的欢乐舞会	93
第12章	她为什么要说谎	101
第13章	是谁制造了坠机意外	110
第14章	万卡陷入昏迷	121
第15章	被困地下室	126
第16章	疯子的日记	137
第17章	公主失踪	144
第18章	真相大白	156
第19章	莱尔首相的忏悔	167
第20章	九千九百九十九朵玫瑰	173

第1章
公主驾到

马小岚终于明白什么叫做"君临天下"了。

从飞机舷梯上下来,小岚踏着红地毯,从一众诚惶诚恐鞠躬行礼的大臣面前走过,然后在外交大臣宾罗先生的陪同下,登上了一部蓝色保时捷。接着,由数十辆摩托车开路,一长列由各种名车组成的车队殿后,他们驶上了一条两旁种满鲜花的宽阔车道。

这真是一个美丽的国家,天是湛蓝的,海是湛蓝的,路旁许多两三层高的小别墅,在翠绿的树木掩映下,显得分外雅致亮丽。

一阵沸腾的人声越来越近,小岚正在惊讶声音的来源,头顶上的车篷徐徐打开,身旁的宾罗先生说:"请公主向欢迎的市民致意。"

小岚兴奋地站起来。随着车子驶近,啊,看到了,不远处,马路两旁,全是手持鲜花的人群,人们叫着喊着,震天动地的欢呼声汇成一片。他们高喊着:"欢迎公主!""公主万岁!"

经历了不久前发生的那宗王室血案,在悲哀和恐慌中过

我不是公主

了一段日子的乌莎努尔人民，对从他乡回归的小公主除了表现出极大的好奇和热切期待外，还夹杂着一种珍爱的情感，怜惜这位仅存的王室遗孤。人们几乎倾城而出，早早就守候在公主必经的中央大道上。

小岚心中那股感动在不断膨胀着，她眼睛湿润了，她拼命挥动双手，激动地朝两旁夹道欢迎的人群挥手致意。市民见公主向他们挥手，更加兴奋，欢呼声更加震耳欲聋。

车队在人群中缓缓驶过，千万张笑脸流露出真诚和希望。

小岚的眼光落在一个小女孩身上，她天真地笑着，手上高举一块纸板，上面用幼稚的字迹写着四个字——公主您好！

"停车！"小岚跟司机说，车子停下了。

"谢谢你，小朋友！"小岚指着纸板上的字问，"这字是你写的吗？"

"是呀，这是我刚学会的字，是爸爸妈妈教我写的。"小女孩天真地歪着头，回答说。

"你叫什么名字？"小岚伸出手，摸摸小女孩的头。

"我叫娜娜！"小女孩又补充了一句，"公主姐姐，欢迎您回来！"

"谢谢!"小岚很感动,她想了想,脱下手上的一只镯子,拉起小女孩的手,轻轻地替她戴上,又温柔地亲了亲小女孩红扑扑的小脸蛋。

小岚这样做本来只是出于对小女孩的喜爱,没想到却带来了巨大的亲民效果,人群马上爆发出一阵雷鸣般的掌声,连车队里的大臣们也忍不住鼓起掌来。

"公主您好!""公主万岁!"的欢呼声此起彼伏。

"大家好!"小岚继续向四面八方的市民挥手致意。

车子继续开动了,十里长街,全是人的海,花的海,那情景非常壮观。车子一直开了一个多小时,才拐入了至尊大道,直向王宫方向驶去。

身后,还传来市民的喊声,小岚转过身,朝市民们挥手,直到他们消失在视线里,才坐了下来。

宾罗先生用欣喜的眼神看着小岚,心想,这个女孩子真不错,显然她已经赢得了乌莎努尔人民的爱戴!

小岚没有想那么长远,她只是被纯朴的乌莎努尔人民的热情所感动。自从数天前,自己恢复身份,由一名普通的中国香港中学生,变成了尊贵的乌莎努尔公主,她一直都在忐忑不安中过日子,不知道自己将要处身的那个环境是怎样

的。直到现在,她见到自己热情纯朴的国民,见到这个美丽富饶的国家,才把一直悬着的心放了下来。

她想,国王这份工,应该不会太难做吧!顶多没有做作家有趣罢了!

正想着,车队已经驶进了一条有士兵把守的路,不远处,已可以隐约见到那座美丽堂皇的王宫了。

小岚下了车,一众大臣留在宫外,小岚就在宾罗先生的带领下步入王宫。也许,用"人间仙境"也不足以形容这座王宫的美,设计独特的建筑,美丽豪华的装饰,仿佛是一个"金雕玉砌"的世界!早就听说乌莎努尔是"国中富豪",但没想到会奢华到这个地步!

王宫共分 A、B、C、D 四个区,公主的府邸坐落在 C 区,它有个好听的名字,叫嫣明苑。走进嫣明苑,漂亮的房间一间接一间,要不是有人带路,小岚准会迷路。

宾罗先生一路给小岚介绍,这是休憩室,这是阅览室,这是书房,这是第一会客室,这是第二会客室……

小岚一时也记不住,一来因为房间太多了,二来也因为每隔十来步就站有侍女和卫士,他们都朝小岚鞠躬,小岚只顾得回应,就顾不上听宾罗先生介绍了。

一会儿,宾罗先生把她带进了一间足有几百平方米的卧

室,这就是给公主准备的卧室了。

这是整座宫殿最大最豪华的房间,而且大房间里面还有小房间。可惜小岚这时已经累坏了,她只想一个人好好地坐一下,静一静,根本顾不上去欣赏房间里的豪华布置。

宾罗先生见小岚一脸疲态,忙说:"公主先休息吧,老臣告退了,明天上午召开国会会议,请您去旁听,到时我会来接您。现在给您介绍一下您的私人秘书兼管家,今后由她负责您的饮食起居,还有日常活动安排。"宾罗先生招招手,一名二十来岁大方俏丽的女子走了过来,小岚一看,原来是曾经在中国香港给她当过形象设计顾问的玛亚。

小岚很高兴,大叫道:"玛亚,是你呀!"

玛亚行了个礼,笑着说:"小岚公主,我们又见面了!"

宾罗先生见她们挺投契的样子,放心地退出去了。

小岚等宾罗先生一离开,马上往沙发上一躺,大声嚷嚷道:"累死了累死了!"

玛亚捧来一套干净衣服,对小岚说:"公主,请去浴室泡个热水澡吧!"

小岚跳了起来,笑道:"还是玛亚知我心,好,洗澡去!"

小岚走进了豪华的浴室,又反身关上了门。显然玛亚已

准备好了一切，室内有一股淡淡的清香，那个圆形的浴池，冒着温暖的蒸汽。浴室内布置得十分素雅，给人一种宁静的感觉。

小岚脱了衣服，迫不及待地跳下浴池，一股无比舒畅的感觉马上包围了全身，每一个毛孔都渗透着舒服。小岚让自己全身放松，她闭上眼睛，静静地想着心事。

这段时间发生的事实在太多了。乌莎努尔王室发生灭门惨案，揭发了伍拉特国王原来是假冒的，真正的伍拉特在婴儿时已被人调包，下落不明。自己受宾罗先生委托寻找流落他乡的王子及其后人，众里寻他，到头来因为晓星一个小把戏，却发现自己竟是这霍雷尔王族唯一的继承人。身份暴露之后，在中国香港一连经历两次险情，回国途中，一向以性能良好著称的波音747又出现毛病，自己差点小命不保……

反正，在传奇故事里才会出现的事，都让自己碰上了。

她脑海中又浮现了刚才那个欢迎场面，浮现了欢迎人群中那个小女孩的模样，她不禁笑了起来。为了自己热情忠诚的国民，自己也得开始考虑该如何做好国王这份工了。

脑子里开始有点迷糊，她打起瞌睡来，梦里，那架波音747坠入大海，她被水淹没了……

小岚猛地惊醒过来，发现自己仍泡在水里。

第2章
皇家法典

　　早上，小岚被一阵叽叽喳喳的鸟叫声吵醒，她睁开眼睛，见早晨的阳光已透过落地窗的两重窗纱，在大理石地板上洒下了一片亮丽。小岚拿起一个遥控器，轻轻一按，那两层窗纱缓缓退向两边，透过落地玻璃，现出一幅美丽的园景。那湖，那花，那树，全在明媚的阳光下展现着它最美的一面。

　　小岚的目光在这美景上久久地停留着，舍不得离开。

　　床头柜上的电话响起了一段美妙的音乐，小岚伸手按了一下上面一个按钮，马上传出了玛亚的声音："公主殿下，早上好！"

　　小岚懒洋洋地回答道："早上好！"

　　玛亚说："公主，您八点五十分要参加国会会议，请您赶快起床。"

　　小岚叹了口气，还以为做了公主可以享享清福，早上赖赖床什么的，谁知道……

　　起来就起来呗！小岚一个鲤鱼打挺，从床上跳起来，门外的玛亚好像有透视眼一样，知道小岚起来了，推门走了进来。

在玛亚和两名侍女的侍候下，小岚很快就打扮得漂漂亮亮的，准备出发了。

宾罗先生来接小岚，两人一起登上轿车，直朝国会大厦而去。其实国会大厦离王宫很近，也只有四五分钟车程，小岚还没来得及好好观赏一下市容，车子就停在了国会大厦前面。

大厦门口有两排士兵在站岗，一见到小岚下车，他们马上立正敬礼，小岚也调皮地向他们还了个礼，然后走进了国会大厦。

如果说王宫是豪华美丽，这国会大厦则是古朴庄严，令人有一种肃然起敬的感觉。

穿过一条长长的走廊，前面就是有士兵把守的会议厅，宾罗先生朝门口一位穿西装的人打了个手势，那人马上推开大门，喊道："小岚公主驾到！"

小岚走了进去，只见迎面是一张巨大的呈倒"U"字形的会议桌，几十个老中青年纪不同的人围绕会议桌坐着，见到小岚进来，他们全部起立，向她鞠躬致敬。

宾罗先生把她带到最中间那张靠背椅前。小岚很不习惯这些礼节，她受不了这么多比她年长的人朝自己鞠躬，忙说了声："免礼，各位请坐！"

可是，所有人仍然肃立着，不敢坐下。

小岚急了,大声说:"你们怎么了,我叫你们坐下就坐下嘛!"

宾罗先生在她耳边小声说:"您不坐下,他们哪敢坐呀!"

"噢!"小岚听了,赶紧坐了下来。

一阵桌椅碰撞声,议员们纷纷就座。

宾罗先生给小岚一一介绍了在座的二十多位国会议员,小岚只觉得眼花缭乱,不仅因为一下子要认识这么多人,还因为这些人个个都珠光宝气,身上帽子上不是戴着钻石,就是镶着翡翠玉石,把小岚眼睛都晃花了。

这些人中,小岚印象最深的是首相莱尔。

早在中国香港时,小岚就常从宾罗先生的口中听到"莱尔"这个名字,到她的公主身份确定,宾罗先生给她介绍国家领导人的情况时,又很详细地讲了莱尔首相的背景,所以小岚知道他是乌莎努尔一个举足轻重的人物。再加上莱尔首相长得很像清宫戏里专扮和珅的那个演员,胖墩墩、圆头圆脑的,脸上老带着笑,所以小岚忍不住好奇地朝他多看了几眼。

"叮叮叮——"国会主席莱尔首相拿起桌上一个摇铃摇晃起来,这是乌莎努尔国会的一个传统习惯,用铃声表示开会散会。莱尔首相首先向小岚深深鞠了个躬,又向其他人点

头示意："各位议员阁下，今天有一个很重要的议题，就是商量公主加冕登位的日子。我提议在下星期一就举行加冕大典。大家意见怎样？"

议员们交头接耳议论着，一会儿，莱尔首相说："好，大家都考虑得差不多了，下面就举手表决吧！赞成下星期一为公主举行加冕登位大典的，请举手！"

小岚好奇地东张西望，见在座的人陆陆续续地全部都举了手。莱尔首相一只手高举着，一只手在点算人数，一会儿，他大声说："点算完毕，现在宣布表决结果，国会人数三十三人，出席二十九人，一致同意下星期一举行公主加冕登位大典。"

会议厅里马上响起一阵热烈的掌声。

莱尔首相很兴奋地对小岚躬身说："老臣很荣幸地禀告公主，出席议员全数通过，在下个星期一，您将接受加冕，成为乌莎努尔第十九代国王……"

小岚刚要说什么，会议厅的大门"砰"的一声被人推开了，一个人走了进来，他大声说道："我反对！"

会议厅里所有人的目光"唰"一下全落到那人身上。

那是之前请了病假的政法大臣满刚。

莱尔首相用严厉的语气说："满刚大臣，你不是

说生病不参加会议吗？怎么现在又突然出现，且口出狂言！"

宾罗先生也说："满刚大臣，你凭什么要反对？我们刚才已经全数通过了请公主加冕登位的议案了。"

"首相大人，我凭的就是这本出自1921年的皇家法典。"满刚大臣一边说，一边走到属于他的那个座位。他打开一本黄色封面的书，继续说："大家听好，第一千二百五十条：但凡乌莎努尔皇位继承人，必须年满十六岁才能正式加冕成为国王，未满者则仍以王子公主称之，也可称为候任国王，候任国王无权对国家大事作出任何决定，但有权提出议案，请国会讨论。"

满刚大臣念完后，又说："据了解，小岚公主还差几个月才满十六周岁，所以，按皇家法典规定，她现在还不能登位，请各位明鉴。"

宾罗先生听完，说："不对呀，我昨晚还翻过皇家法典，那上面并未提及要十六岁才可以做国王！"

满刚大臣笑道："宾罗先生，请问您的那本法典是绿色封面的吗？"

宾罗先生想了想，说："没错，是绿色封面的。"

满刚大臣说："您看的那本叫《1920皇家法典绿皮书》，我这本是《1921皇家法典黄皮书》，是《1920皇家法

典绿皮书》的补充说明，不信，您可以仔细查看。"

满刚大臣说完，离开座位，把那本法典交给宾罗先生。

宾罗先生接过法典，细心地读着满刚大臣指出的那条法例，坐在他旁边的莱尔首相也性急地探过头去看。

法典是真的，满刚大臣说的也是真的，《1921皇家法典黄皮书》的补充说明，的确规定年满十六岁的继承者才可正式登位做国王。宾罗先生和莱尔首相互相看了看，都无奈地摇了摇头。

莱尔首相对小岚说："公主，祖宗之训不可违，也只好等三个月以后再安排加冕登位大典了。"

小岚一直好奇地听着他们讨论，当听到可以三个月后才做国王时，她开心得嘴里暗暗念叨，谢完菩萨又谢上帝。听到莱尔首相这样说，她急忙说："没问题没问题，当然要按照法典上说的去做啦！而且，我还可以利用这几个月的时间好好熟悉一下这里的环境！"

莱尔首相赞叹道："公主小小年纪，就如此识大体明道理，真是国家之幸，国家之幸！"

小岚也嘴甜舌滑地说："我什么都不懂呢，今后还请首相大人和各位议员多多提点！"

莱尔首相笑得像个弥勒佛似的，连说："不敢不敢！公

主真谦虚啊!"

小岚看了看手表:"首相,既然提案有了结果,就散会吧!"

"是是是!散会散会!"莱尔首相急忙拿起摇铃,使劲摇了起来。

散会时,小岚显得很高兴,一路哼着一首什么歌。

宾罗先生把小岚送回王宫。一路上,宾罗先生问:"公主,登位时间延后,您好像很开心?"

"嘘——"小岚吹了一下口哨,轻松地说,"当然啦,伯伯。"

宾罗先生问:"您很讨厌当国王?"

小岚苦着脸说:"嗯!做国王太辛苦了,不如做个普通人,自由自在,想干什么就干什么。"

宾罗先生有点担心地看着小岚。

车子到了王宫,小岚说:"伯伯,听玛亚说,我有一间很漂亮的书房,您能带我去吗?"

宾罗先生说:"很乐意效劳!"

小岚让宾罗先生在前面引路,两人走进了书房。这可是小岚见过的最气派的书房了,约有一百平方米,三面墙壁都是高达屋顶的书柜,其中一面全是乌莎努尔各种典籍文献,另外两面是时下流行的文学作品,最令小岚惊喜的是,她的

全部作品都在其中呢!

还有一边摆放着一张大大的书桌,上面除了文具之外,还放了一面乌莎努尔的国旗。

小岚想,这倒像电影里那些总统的书桌呢!

书架上还搁了不少摆设,小岚没顾上细看,她跑去关上书房门,又让宾罗先生在书房中间那个小小会客处的沙发上坐下。

"伯伯,我刚才的话把您吓着了吧?"小岚笑嘻嘻地说,"您别担心,我会打好这份工的。"

宾罗先生看着小岚的眼睛:"我的小公主,您刚才故意那样说的?"

"有司机在,我不想暴露自己的真实想法。"小岚调皮地挤了挤眼睛,"伯伯,我打算利用这几个月时间去侦查,揭开王室一些未解之谜,找出背后那只黑手。"

宾罗先生暗暗点头。

小岚继续说:"我要还我的亲生父亲源允一个公平,他本来是一个尊贵的王子、国王,却因为一些心怀不轨的人,而离开父母颠沛流离,最后死于非命;我也要还伍拉特一家一个公平,伍拉特国王代替我父亲统治这国家多年,令人民安居乐业,功不可没,但竟然遭到灭门之祸。

我不把那些坏蛋找出来,让他们受到应有的惩罚,我就枉为霍雷尔的子孙!"

宾罗先生听了,长长地吁了一口气,点头说:"公主真懂事,老臣谢谢您,谢谢您了!"

"伯伯,别这样!这是我应该做的。"小岚又说,"我想,那些搞阴谋的人目的只有一个,就是觊觎这个王位。所以,我要调查的目标人物,应该是那些有可能代替霍雷尔家族统治国家的重臣。我觉得,除了您之外,每个人都有嫌疑,我要逐一侦查。"

"谢谢公主信任,老臣为了乌莎努尔,万死不辞!"宾罗先生感动极了,他想了想又说,"这些人的阴谋如果从王子被掉包算起,已经整整五十年了,可以说是隐藏得很深的人,甚至可能这阴谋已经延续了几代,要揭穿他们,实在不容易。"

"伯伯说得没错!"小岚想了想,问道,"伯伯,其实我心中一直有个疑问,霍雷尔家族已传了十九代,四百年来开枝散叶,按理应该有很多后人,但你们为什么一直说只有我具有霍雷尔家族血统?难道我就没有什么叔叔伯伯,堂的或是表的兄弟姐妹吗?"

宾罗先生叹了口气,说:"公主,您有所不知了。霍雷尔家族传了十九代,却是十九代单传,即是每一代都只生一

个孩子，所以民间曾经传出一些传闻，说这个家族受了诅咒。到了伍拉特这一代，生了两男四女，人们都以为是诅咒被破解了，但没想到，原来这伍拉特根本不是霍雷尔家族的人。"

"噢，十九代单传？"小岚惊讶地睁大眼睛，"我从不信什么诅咒，但这事情也着实令人感到奇怪！"

宾罗先生说："所以，公主，您身上责任重大，霍雷尔家族的事业能否延续下去，就靠您了。"

"伯伯放心好了！"

宝罗先生微笑着点点头。

"公主这两天就先好好休息一下，明天晚上，将会为您举行一个欢迎酒会。"

"伯伯，我打算明天去一趟首相府……"

第3章
初探首相府

霍雷尔、查韦姆、梅登是乌莎努尔公国最有势力的三大家族。

相传四百年前刚建国时,是由这三大家族共同掌握政权的,至于后来为什么会变成君主制,变成霍雷尔家族的一家天下呢?这里有个很有趣的传说故事。说是这三大家族的头人虽然都是很好的朋友,个性却很不相同,一个很急进,一个很保守,一个又很开放,所以他们在决议许许多多国家大事时,往往各持己见,很难有统一意见。后来,他们决定在三人之中选出一个国王,一人说了算,免得麻烦。他们采用了比赛射箭的方式,实行"一箭定江山"。三个人都是射箭好手,比赛那天,你一箭我一箭,箭箭中靶心,在五十多箭之后,查韦姆家族的头人一箭偏离红心被淘汰,只剩下霍雷尔家族和梅登家族一决高下。两个家族头人稍事休息之后,又再比试,一连几十箭,最后梅登家族头人一箭射偏了,结果霍雷尔家族胜出,开始了他们的统治。

而莱尔首相正是梅登家族的后人。

这天一大早,小岚就由一个六人的小卫队护送到了首相

府。如果要用一个词去形容那座矗立在一片绿茵草地上的首相府的话，小岚觉得除了"金碧辉煌"之外，很难再找到合适的词了。

那三层高占地一千多平方米的首相府，外墙是明黄色的；豪华的大厅，则以金黄和米黄为主色调，加上桌上墙上摆放着很多黄金摆设，一进去，就给人一片黄澄澄的感觉。

小岚在莱尔首相的引领下走进偌大的客厅，那里面除了十几个穿戴整齐的男女仆人外，还有一位十一二岁长得像个洋娃娃的女孩子。

见到小岚，女孩脸上现出好奇的神情，两眼直瞪瞪地盯着小岚。莱尔首相悄悄拉了拉她，她才朝小岚行了一个屈膝礼："您好，公主殿下！"

小岚忙说："你好，可爱的小女孩！"

莱尔首相说："这是小女妮娃。"

小岚笑着说："妮娃？名字跟人一样可爱。"

妮娃开心得红了脸："谢谢公主！"

妮娃一边说话，眼睛还是没有离开小岚的脸。小岚笑着摸了摸自己的脸，笑嘻嘻地问："我脸上长了一朵花吗？你怎么老盯着我看？"

妮娃天真地说："公主姐姐，我觉得您好漂亮啊！比我们这里所有的姐姐都漂亮！"

小岚笑得合不拢嘴，原来有着男孩子性格的她，也喜欢人家赞她漂亮呢！她对妮娃说："谢谢你！你也很漂亮啊！"

妮娃很严肃地点了点头："我也觉得是！"

妮娃一脸认真的样子，引得小岚哈哈大笑起来。

妮娃拉着小岚的手，说："公主姐姐，我家有个好大好大的花园，我带您去那里玩，好吗？"

小岚打心底里喜欢这个天真可爱的小女孩，马上点头答应了。

莱尔首相说："妮娃，好好招待公主，别调皮！"

"知道了！"妮娃拉着小岚的手，一蹦一跳地跑出了客厅。

首相家的花园果然好大好大，到处种满了奇花异草，各式各样的花架、葡萄架十分雅致；草地中间有一个大喷水池，随着轻快的音乐声，不断喷出造型优美的水柱；绿茵茵的草地上还竖立着五六个人物雕塑，令花园更添艺术气息。

小岚正在欣赏一座贝多芬的半身像，听到妮娃叫她："公主姐姐，快来看我养的鱼！"

妮娃趴在一个水池边上，高兴地给小岚介绍："姐姐快看，这个胖家伙叫寿星，这个金黄色脑袋叫银狮头……"

小岚看着妮娃，不知怎地想到了晓星。

看完鱼，妮娃又拉着小岚说："姐姐，我带您去那边亭子，看我养的小鸟……"

妮娃拉着小岚的手，在林荫小路上一边走一边兴致勃勃地讲她的小画眉，不提防树上掉了个什么东西下来，"笃"一声落到她头上，吓得她"哇"地喊了起来。

"是个小芒果！"小岚俯身从地上拾起了一个青青的小芒果。

妮娃摸摸脑瓜："噢，今天又没刮风，这芒果怎么会掉下来呢！"

话没说完，她又"哎哟"叫了起来，又一个小芒果砸在她肩膀上。妮娃大声嚷嚷起来："这些芒果树怎么啦，今天尽欺负我！"

"哈哈哈！"树上突然有人爆发出一阵大笑。

妮娃和小岚一齐朝树上看，只见一个少年骑在树杈上，手里拿着本书，正得意地大笑着。

"原来是你在捣鬼！"妮娃气哼哼地，捡起地上那个小芒果，就朝树上扔，谁知她力气太小，芒果没掷到树上，反而朝她头上掉下来了，小岚忙往上一跃，把小芒果接住。

"好身手！……"少年话未说完，小岚就把手向上一扬，小芒果直朝少年飞去，少年急忙一闪，小芒果从他身边擦了过去。

"哈,好厉害!"少年从树上跳了下来。

小岚眯着眼睛,打量着眼前这个淘气的男孩,只见他十六七岁模样,一双眼睛挺机灵的,脸上带着调皮的笑容。

那少年也在打量小岚,眼前这个女孩漂亮大方、气度非凡,是他见过的女孩当中最漂亮最有气质的一个。

小岚瞪着少年,为妮娃主持公道:"你为什么欺负人家小女孩?"

"我哪敢欺负她?她是我们家的女王呢!"少年笑嘻嘻地看着小岚,又主动伸出手,自我介绍说,"我叫利安,是妮娃的哥哥。"

原来是莱尔首相的儿子。小岚握住利安的手,刚要介绍自己,却被利安打断了。

"我猜猜看!"利安眨巴着机灵的眼睛,说,"你是从中国香港来的公主,是吗?"

妮娃大声嚷了起来:"哥哥,你怎么猜到的,你好厉害啊!"

利安得意地说:"只有公主才配拥有这样一张美丽聪明的脸孔呢!"

这赞美的话从淘气可爱的男孩子嘴里说出来,小岚心里又是另一番感受,她微微红了脸。

这时,小径上匆匆走来一个人,正是莱尔首相,他对小

岚说:"公主殿下,请回去用膳。"

"原来你在这里,我还叫仆人到处找你呢!"莱尔首相把利安介绍给小岚,"这是小儿利安。"

小岚笑道:"我们刚才已经互相介绍过了。"

莱尔说:"我这儿子,是个不懂规矩的顽皮家伙,他没对您不敬吧?"

小岚说:"没有啊,他还送了两个芒果给我做见面礼呢!"

"啊!"莱尔首相不明就里,眨巴着眼睛,这边,三个孩子早已嘻嘻笑了起来。

一行人回到屋里,一个衣着华丽的女人走过来,朝小岚行了个礼:"欢迎公主殿下!"

莱尔首相赶紧介绍说:"这是我夫人。她本来有事去了泰国,听到公主大驾光临,特地坐飞机赶回来的。"

小岚一看那女人,四十岁不到,生得十分秀气,怪不得生了利安和妮娃这样一对出色的孩子。

小岚微笑着说:"首相夫人真客气!您是我的长辈,请不必多礼。"

莱尔首相说:"公主请上座!"

一张长长的餐桌上,早已摆满了菜肴,其中有许多叫不出名字的山珍海味,只觉香气扑鼻。

初探首相府

  各人就座,小岚见有位置仍空着,刚要问,只见一个人大步走了进来。他高高的个子,线条生动的脸上一副少年老成的神情,一只手被绷带吊在胸前。

  万卡!小岚差点叫了起来。

  从中国香港来这里后,她就一直没见过万卡,没想到会在这里碰面。他怎么会在首相府出现呢?

  首相夫人一见万卡,马上走过去,扶着他,说:"看你,走路老像练兵似的!小心碰到伤处了。"

  万卡说:"妈,没事,放心好了。"

  小岚很惊讶,真没想到万卡是莱尔首相的儿子。她看看利安,又看看万卡,他们分明年纪不相上下,但模样又很不一样,肯定不是双胞胎。万卡早已觉察到她的疑惑,便解释说:"我是孤儿,是爸爸妈妈从孤儿院领养我、培育我长大的。"

  "哦!"小岚恍然大悟。

  莱尔首相指指妻子旁边的位子,叫万卡坐下:"你用左手不方便,让你妈妈照顾你。"

  妮娃赶紧说:"我也要照顾哥哥。"

  利安说:"照顾弟弟是哥哥的责任,我来负责照顾万卡好了。"

  万卡微笑着说:"不用了,我左手还蛮好用呢,我自己

能行。"

小岚看着这一家人对万卡的关怀,心里很感动,心想万卡没了亲人,但又拥有这么多爱他的人,也真是不幸中的大幸啊!

"请公主用膳。"首相夫人彬彬有礼地说。

"谢谢!"小岚心情愉快地拿起了面前的刀叉。

到小岚离开首相府时,妮娃和她已经难舍难分了,小岚走时,泥娃一个劲儿地问:"公主姐姐,您明天还会来吗?"

利安也用期待的眼神看着小岚:"您看妹妹多喜欢您,您就常来玩吧!或者,干脆来我们家住几天,反正现在放暑假。我们有的是房子呢!"

乌莎努尔放暑假的时间刚好比中国香港迟了两个月,所以他们现在刚刚开始放假呢!

莱尔首相在一旁说:"小岚公主忙着呢,她哪有时间来陪你们疯。公主,您别理他们。"

小岚笑着说:"在你们家很开心啊,有空我一定再来。"

第4章
这个国王好脸熟

　　小岚从首相府一回到王宫,玛亚就上前禀告说:"公主殿下,您有客人来了,我安排他在乐乐厅等您呢!"

　　小岚很奇怪,是谁来找她呢?她也没回卧室,径直朝乐乐厅去了。

　　半路上碰到一个小侍女,她双手抱着很多零食,有薯片呀、朱古力豆呀、脆脆饼呀一大堆,走着走着还掉了一包薯片在地上。小岚上前帮她捡起薯片,又笑着说:"哇,你好嘴馋,吃这么多零食。"

　　小侍女慌忙说:"回禀公主,这些东西是乐乐厅那个客人要的,他在那里待了半个多小时,已经吃了一大堆零食了。"

　　"咦!"小岚马上想起了一个人,莫非是他!

　　她接过小侍女手上的零食,说:"你给我好了,我拿去给他。"

　　小侍女吃惊地说:"不行,我怎么可以让公主做这些事呢!"

　　小岚笑着说:"不要紧,你给我就是!"

小岚把那堆零食抱在怀里,向乐乐厅走去。

嫣明苑有五个客厅,这乐乐厅是最小的一个,约有九十平方米左右。里面除了一应沙发茶几之外,还放着几部游戏机,几个放满图书的书架,还有一台大电视机,那格局,像是专门招待小孩子的。小岚进去时,有个身形矮小的男孩子,正背向门口,在打游戏机,一边打还一边往嘴里塞零食。

"晓星!"小岚大喊一声。

那男孩一听,忙停下手,转过身来,果然是几天没见的晓星!

"哇!小岚姐姐!"晓星扑了过来,搂住小岚,两人高兴得一跳一跳的。

"噢,看把薯片都压扁了。"小岚挣脱晓星,把手里抱的零食放到茶几上,又惊喜地问,"你怎么一个人跑来了?"

晓星得意地说:"我决定来乌莎努尔留学。听说这里的'宇宙菁英'国际学校是所很有名的学校!"

"好小子,你耳朵真长啊,连这都知道!"小岚睁大眼睛,"你爸爸妈妈同意你来吗?"

"开始不同意呢!"晓星笑嘻嘻地说,"后来,他们关起房门在互联网上查了一个晚上,出来时挺开心的。他们查

到"宇宙菁英"是国际有名的学校,从小学到大学,实行一条龙教学,不少学生都争着来留学,嘿,他们就同意了。"

小岚十分高兴:"那太好了,以后我们又可以在一起了。晓晴呢?她也会来吗?"

晓星说:"我姐姐?她也想来啊!不过,爸爸妈妈不让。她"一哭二闹三上吊",几乎所有办法都用过了,但没用。"

"啊,真不幸!"小岚说,"希望你爸妈会改变主意。"

晓星四处张望,说:"小岚姐姐,我送给你的那条史前鱼呢?"

小岚说:"放宾罗伯伯那里了,他说会找时间证实它的年份。"

晓星兴奋地说:"我得找个时间去探望它,它可能挺想我呢!"

"嗯!"晓星又说,"小岚姐姐,乌莎努尔真是一个美丽的国家呀,我一路上看风景,都看呆了。还有这王宫,漂亮得让人眼睛都睁不开……姐姐,你现在带我去参观参观王宫好吗?"

"时间来不及了,今晚还有事呢!"小岚说,"明天吧,明天我跟你一块儿到处逛逛。"

小岚说完,按了一下铃。玛亚很快来了,柔声问:"公

主殿下,请问有什么吩咐。"

小岚指指晓星说:"这是我的好朋友晓星,你马上收拾一个房间给他。记住,要最好的。"

"是,公主,我马上办好!"玛亚行了礼,转身要走。

小岚把玛亚叫住了:"对了,你替晓星准备一套西装,他今晚也要参加酒会。"

等玛亚一走,晓星就高兴得拍着掌说:"太好了,参加王宫的酒会,一定有很多好东西吃!"

小岚说:"别只顾吃,你有任务呢!"

"我估计那个在幕后操纵的人,很可能就是一些有能力去篡权的王公贵族,所以你今晚要特别留意那些人。"小岚把乌莎努尔的情况跟晓星简单说了一下。

"行!监视坏人,找出犯罪线索,我最喜欢做这样的事了。"晓星兴高采烈地说。

"现在谁好谁坏还不能下定论呢!"小岚又说,"好了,趁现在还有点时间,我带你去一趟绣像厅,认识一下那些国家政要的模样,免得你今晚糊里糊涂的,不知道谁是谁。"

"绣像厅是做什么的?"晓星问。

"是摆放历代国王和国家政要绣像的地方。"

绣像厅在一楼走廊尽头,一进去,晓星就哇哇大叫道:"这么多双眼睛盯着我,好不习惯啊!"

小岚也是第一次到绣像厅,刚一踏进去,她也觉得有点不自在:大厅四面墙上,一幅接一幅,挂了近百幅画像,画像上的人全部露出一副威严的样子,你走到哪里,都好像在盯着你看。

两人站了一会儿,才慢慢习惯了那些目光。

"我们先看看国王部分。"小岚拉着晓星,边走边看,"这些该是我的祖先了!第一代国王乌日曼·霍雷尔,第二代国王伍登姆·霍雷尔……"

晓星一边看着一边评论:"你的祖先都长得挺帅呢!不过,横看竖看,你都不怎么像他们。"

小岚说:"当然了,我是中乌混血儿,而且女儿多像母亲,所以,我是应该更像中国人的。"

"奇怪,奇怪!"晓星站在第十八代国王梅里达的肖像前,端详着,"我怎么有一种感觉,好像在哪里见过这位国王。"

"这是我爷爷呢!"小岚走过去,对着那个大胡子国王端详了好一会儿,"他在几十年前已经去世了,你怎么会见过他呢!"

晓星耸了耸肩,说:"对,我没可能见过他的。"

　　第十九代国王的位置空着,相信那里曾经摆放过在王室惨案中遇难的伍拉特的画像,自从"王子掉包事件"公之于众后,画像才被拆了下来。到小岚登位之后,这位置就会被小岚的画像填补。

　　第二部分是王室历代重臣肖像,因为时间关系,小岚只是带着晓星看了当朝的部分。

　　"你看,这个人像不像电视剧里的和珅?他就是莱尔首相!这瘦高个是财政部长贾阿米,这又慈祥又威风的,你认识的……"

　　"噢,宾罗伯伯!"晓星叫了起来。

　　"嘿嘿,谁在叫我呀!"一个声音突然在他们身后响起,把两人吓了一大跳。

　　"哎呀,是宾罗伯伯您呀!"小岚和晓星一齐叫了起来。

　　宾罗先生笑眯眯地说:"我听说晓星来了,特地来这看他呢!"

　　晓星用双手抱着宾罗先生的腰,撒娇说:"伯伯,我好想您啊!"

第5章
花园里的秘密交易

酒会在富丽堂皇的宴会厅举行。除了代表韦尔姆家族的财政部长贾阿米因公务在国外,所有重臣都携眷出席了。

小岚一踏进大厅,就有一大群人走了过来向她行礼,然后又由莱尔首相一个个给她作介绍。同行的晓星被挤了出来,他不服气地抗议着:"哎,别挤,我是公主的好朋友!"但谁也没理他。

"喂喂喂!"晓星刚要再次抗议,眼尾却瞥见那边一长溜桌子上摆满了各种美食,他立刻迫不及待地跑了过去。

哇,好多好吃的东西啊!他赶紧拿了个大碟子,夹了满满一碟食物,然后找了个位子,大吃起来了。

"嘻嘻……"有女孩子在笑。

晓星没工夫去管她笑什么,他正很努力地去对付一只美味的鸡腿。

"嘻嘻嘻嘻……"笑声更响了。

晓星抬眼一望,咦,对面桌子旁坐了一个漂亮的女孩子,正朝他笑呢!

这下晓星慌了,赶快放下鸡腿。他得在女孩面前保持风

度，尤其是漂亮女孩。

"嗨！"晓星朝女孩扬扬手打招呼。

女孩也朝晓星扬扬手，但紧接着又用手指指晓星，又指指自己脸上。

晓星赶紧往自己脸上一抹，抹了一手酱汁。

"嘻嘻嘻！"对面的女孩又笑了起来。她朝晓星走过来，递给他一面小镜子。天啦，脸上东一块西一块，都是酱汁！

晓星尴尬地拿起餐巾，把脸擦干净了。

"谢谢你！"他一边说，一边打量着面前的女孩。

女孩长得很好看，圆脸圆眼睛，一笑脸上现出两个圆圆的小酒窝，就像个可爱的玩具娃娃。

女孩忽闪着睫毛长长的大眼睛，问道："你是谁？"

晓星回答说："我是小岚公主的朋友！"

女孩一听马上高兴地说："我也是小岚公主的朋友呢！"

"你是公主的朋友，我也是公主的朋友，那我们也应该是朋友了！"晓星开心地朝小女孩伸出手，"我叫周晓星！"

小女孩也伸出手："我叫妮娃！"

两人手拉手，不停地摇晃着，十分开心。

妮娃说："这里面不好玩，我带你到外面花园去，我知道有个游乐场，很好玩呢！"

晓星马上响应说："好啊！"

两个孩子手拉手,蹦蹦跳跳地跑出去了。

花园里虽然也有路灯,但跟灯光灿烂如同白昼的大厅一比,就显得有点昏暗,不过这妮娃大概是这里的熟客,她拉着晓星走得很快很顺畅,走过了一个喷泉、几处凉亭之后,就到了游乐场。

妮娃兴奋地叫着,跳上了一架秋千,她扭头对晓星说:"推我呀,推我呀!"

晓星当然很乐意为漂亮小妹妹效劳,他使劲地一推,又一推,秋千动了,越飞越高了。妮娃坐在秋千上,高兴得哇哇大叫。

晓星也上了另一架秋千,使劲荡了起来。

"我们比赛谁飞得高!"妮娃说着,便使劲一荡,秋千荡得高高的像要向天空飞去。

晓星也不甘示弱,两人越荡越高,直到大家都累了,才停了下来。

妮娃从秋千上蹦下地,说:"我们到那边大树下坐坐,看星星好吗?"

晓星当然没意见,他巴不得能和这活泼可爱的小妹妹多待一会儿呢!

两人坐在大树下面,三面是翠绿的灌木丛。他们可以从枝叶的缝隙看到外面,但外面的人即使从面前走过,也很难

发现他们。妮娃兴奋地说:"这里最适合玩躲猫猫,谁也不会发现我们呢!"

两人坐着数了一会儿星星,妮娃说:"噢,我肚子有点饿了,我去拿点东西来,我们在这里野餐!"

晓星说:"我去拿吧!"

妮娃用指头点了点他的鼻子,说:"你会迷路的。算了,我会很快回来的,你乖乖地等着,呵!"

妮娃蹦跳着走了。

晓星往树干上一靠,看着满天星星,感觉很开心。

忽然,小路上有一阵脚步声传来,咦,莫非是妮娃回来了?不对呀,妮娃前脚才走,哪有这么快!再听听,是两个人的脚步声呢!

那两人走着走着,在晓星面前停住了,晓星隔着树枝一看,原来是两个男人。一个背对着他,看不见是什么人,而另一个面向着他的,咦!好脸熟,记起来了,这不正是在画像上见过的那个政法大臣满刚吗?

"钱带来了吗?"满刚大臣对另一人说。

另一人没作声,只是把手里一包东西递了过去。

满刚大臣打开看了看,满意地说:"你果然守信用!好了,够我明天去拍卖场把那个中国唐代古董花瓶拍回来了。"

满刚大臣说完,扬长而去。

这时,背朝晓星的那人嘀咕了一句:"哼,贪得无厌!"

这声音好熟!这时,那人一转身,晓星差点叫出了声:"宾罗伯伯!"

宾罗先生朝四周看了看,然后走了。

晓星狐疑地看着他的背影。自从认识宾罗伯伯之后,在晓星心目中,他都是一个光明磊落的人,可是今天这行为,太不像宾罗伯伯了,他和满刚之间,究竟在进行什么交易?

这时,晓星又听到一阵脚步声,这次真的是妮娃回来了,她提着个小篮子,里面装满了各种吃的、喝的。晓星帮妮娃在草地上铺了桌布,又把篮子里的东西一样样拿出来,都是些他爱吃的东西呢!晓星开心得把刚才看到的事全忘了。

"干杯!"晓星和妮娃把果汁杯一碰,一饮而尽,又拿起食物大吃特吃起来,两人直到把肚子撑得胀鼓鼓的,才停了下来。

这时,听到有人在叫唤:"晓星先生,晓星先生!"

妮娃说:"有人叫你呢!"

晓星急忙应道:"哎,我在这里!"

一个女子跑过来,是玛亚。她一见晓星就说:"哎呀,原来您在这里!公主找您呢!"

玛亚又对妮娃说:"妮娃小姐,你父亲在大门口等你

呢,他找你半天了!晚会已经结束,客人都准备走了。"

妮娃忙跟晓星说:"糟啦,父亲会骂我的!我先走了!"她跟晓星挥了挥手,跑掉了。

玛亚把晓星带回宴会厅,小岚正着急呢,一见晓星赶忙跑过来:"你去哪儿了?我找你一晚上了!"

晓星乐滋滋地说:"我认识了一个女孩子,跟她去花园荡秋千、野餐……"

小岚双手在腰间一叉:"好小子,有异性,没人性!那不用问,我给你的任务肯定没完成了!"

"这……"晓星这才想起自己的任务,忙缩着脖子垂着头,"小岚姐姐,下次不敢啦!"

小岚还不肯罢休,玛亚笑着说:"公主殿下,该回去休息了。"

晓星忙附和说:"是呀是呀,公主姐姐该回去休息了。"

小岚哼了一声:"好,明天再惩罚你!"

一队侍卫护送他们回到嫣明苑,小岚回了卧室,晓星就心急火燎地催着玛亚带他去房间,一边走还一边问:"玛亚姐姐,我的房间很漂亮吧?水龙头是用金子做的吗?……"

第6章
三千亿遗产

又是新的一天。

早上,小岚梳洗完,坐到了那张长餐桌前。十几个侍女捧着早点鱼贯而上,把餐桌摆得满满的。小岚把玛亚叫来,吩咐说:"我以后每天都会跟晓星一块儿吃饭,包括早午晚餐。"

"是,公主殿下!"玛亚吩咐一个侍女去把晓星请来。

晓星来了,他没顾上去看桌上的美食,拉住小岚就急忙说:"姐姐,我有很重要的事跟你说呢!我本来昨晚就想起来要跟你说的,但跑到你门口被侍卫拦住了不许进,只好回去了。"

小岚疑惑地瞅了晓星一眼,心想这馋嘴猫对满桌子美食都顾不上看一眼,这一定是件了不得的重大事情。于是,她叫一旁侍候的侍女都退下,又关上了门。

"有什么事,快说!"

晓星趁小岚跟侍女说话的时候,早已塞了一块芝士蛋糕进嘴里,飞快地吞了下去,然后擦擦嘴,说:"我要跟你

讲,你昨晚太冤枉我了!"

"什么?!这就是你的重要事情?"小岚眼睛一瞪。

"不是!做了公主还那么性急。"晓星不满地嘟哝着,又得意地说,"我是想告诉你,我昨天其实不仅仅是跟女孩子玩了一晚上,还查到了一个惊天大秘密。"

"惊天大秘密?"小岚一脸不相信,"牛皮吹大了吧,小心破了!"

小岚一边说,一边自顾自地拿起一块点心吃起来。

"真的呀!我见到宾罗伯伯送了一大笔钱给满刚大臣……"

"什么?"小岚大吃一惊。

晓星一五一十,把满刚大臣跟宾罗先生在花园里的会面告诉了小岚。

"奇怪,宾罗伯伯为什么要给满刚大臣钱呢?而且又偷偷摸摸的,好像见不得人。"小岚自言自语地说。

晓星又飞快地吞下了一口香肠,然后说:"看样子,好像是满刚大臣替宾罗伯伯办成了一件什么事。"

"噢,我猜到什么事了!"小岚大喊起来,"在国会会议上,本来所有人一致通过我马上登位做国王的,就是这个满刚大臣提出了反对意见。他拿出了《1921皇家法典黄皮书》,指出了上面的一条法例,说是继任人必须年满十六岁

才能正式加冕成为国王……"

"啊,我明白了,一定是宾罗伯伯不想姐姐你马上登位,所以要满刚大臣从古老的法典中寻找根据,结果让满刚大臣找到了,于是就按当初协定,给他钱。"晓星大叫道。

"全中!"小岚一拍桌子,"可是,宾罗伯伯为什么要这样做呢?他有意拖延我的登位时间,目的是什么呢?"

小岚觉得很苦恼,她面对一桌子的早餐,一点食欲都没有了。她对宾罗先生一向十分尊敬和信任,但现在她信心动摇了:他如果有正当理由不想我马上登位,可以跟我讲呀,为什么暗地里耍手段呢?难道宾罗伯伯就是幕后黑手?他根本不希望我当国王?

好可怕啊!这世界上还有谁是可以信任的呢?她不由懊恼地低下头,把前额往桌上"砰砰"撞了两下。

"小岚姐姐,你可不要想不开呀!"晓星赶忙跑了过来,拉住小岚,说,"万事有商量!"

"我又不是去死,你嚷嚷什么?"小岚没精打采地瞪了晓星一眼,"我只是伤心怎么连一个可以信任的人都没有。"

晓星把胸膛一挺,说:"你可以信任我呀!你看我一副乖样子,一看就知道是个好人!"

"我现在也只有你一个值得信任的人了。"小岚又大声

说,"好,事情越复杂越好玩,天下事难不倒马小岚!"

晓星也大声说:"对,天下事也难不倒周晓星!"

这时,内线电话铃响起来了,小岚用指头按了电话按钮一下,说:"什么事?"

电话里传来玛亚的声音:"公主殿下,宾罗先生要见您。"

小岚说:"请他在书房等我,我一会儿就来。"

她又对晓星说:"晓星,你跟我一块儿去。今后,你就是我的私人助理。"

晓星兴奋地说:"做公主的私人助理?好啊!哈哈,周助理,不错啊!"

小岚拉了他一把:"少啰唆,快走吧!"

宾罗先生和另一个中年女子已等在书房,一见小岚进去,两人马上站了起来:"公主殿下!"

"坐吧坐吧!"小岚一边说一边坐到了办公桌前。

"伯伯好!阿姨好!"晓星笑着跟宾罗先生和那女子打了招呼,又自我介绍说,"我是晓星,公主的私人助理。"

宾罗先生呵呵地笑着:"好啊好啊,有你当公主的私人助理,公主一定很开心。"

宾罗先生这时把那女子介绍给小岚:"这是皇家的御用律师艾玛。"

艾玛朝小岚屈膝行礼,小岚说:"免礼,请坐!"

宾罗先生说:"艾玛律师是来向公主解释继承遗产事项的。律师,你可以开始了。"

艾玛说:"公主殿下,前国王留下的财产合计共三千亿……"

"哇!三千亿!"晓星喊了起来,"小岚姐姐,你好有钱啊!"

小岚也吓了一跳:"我有这么多钱?"

艾玛说:"是呀,不过,这些钱要等您年满十六岁正式登位之后,才能转入您的银行账户,现在还由国会代管。"

小岚说:"没关系,反正我现在也用不上。"

宾罗先生和艾玛又讲了些将来继承遗产的细节,之后就告辞了。

小岚说:"请宾罗先生留步。"

"是,公主!"宾罗先生又对艾玛说,"律师,你先走吧!"

等艾玛一离开,小岚就蹦了起来:"唉,要我一本正经地坐着议事,好难受啊!"

宾罗先生笑着说:"您得习惯习惯了,将来您做了国王,这样坐着议事的时候很多呢!"

小岚说:"我真不想当国王呢!伯伯,你想让我当国

王吗?"

宾罗先生笑着说:"你是个善良聪明的孩子,伯伯当然想让你当国王啦!"

晓星抢着说:"伯伯,那您为什么……"

"噢噢,我肚子怎么会咕咕叫!"小岚急忙打断他的话,"刚才我和晓星只顾聊天,早餐都没吃好呢!"

宾罗先生笑呵呵地说:"那你们快回去吃吧,别饿着了。老臣要告退了,我要回外交部开会呢!"

宾罗先生走后,小岚关上书房门,她朝晓星一瞪眼,说:"嘿,你差点说漏嘴了!"

"什么?什么说漏嘴?"晓星还傻呵呵的,不知自己错在哪里。

"嘿,你真笨!"小岚真想一巴掌打醒他,"反正,你以后千万别透露伯伯和满刚大臣碰头的事,免得打草惊蛇。"

"我肯定知道啦,我这么机灵,还用你提醒吗!"晓星一副很明白的样子。

小岚嘀咕了一句:"哼,大笨蛋!机灵个鬼!"

这时候,内线电话响了,小岚按了一下免提按钮,传来玛亚的声音:"公主殿下,首相府的利安少爷找您。"

小岚说:"接进来吧。"

那电话上响起了利安的声音:"小岚公主您好!"

小岚说:"利安你好!找我什么事?"

利安说:"我妹妹非要我打电话给您,她想请您来小住几天,陪她玩呢!您有空吗?"

小岚想了想,说:"好吧,我这两天没什么事,就今天来吧,今晚在你们家住一晚。"

"太好啦!"利安欢呼起来,"那我马上叫妈妈给您安排一间最好的卧室。"

小岚说:"请首相夫人多准备一间客房,我会带一位朋友来,一个男孩子。"

利安原先干脆利落的声音马上变得含含糊糊的:"男孩子……这个嘛……"

小岚问:"怎么啦?不方便吗?"

利安马上说:"不不不,方便方便,我马上请妈妈准备。"

小岚说:"那我们待会儿见!"

利安兴奋地说:"待会儿见!"

晓星一直竖起耳朵听小岚打电话,等她一挂线,马上问:"姐姐,这利安是谁?你要带我去他家玩吗?"

小岚说:"他是莱尔首相的儿子,他邀请我去他们家玩几天。"

晓星一听便说:"好啊!我们可以一举两得,玩和查探莱尔首相的情况。"

小岚狡黠地笑着:"怎么一下子又变得这么聪明!"

晓星一听就嚷嚷起来:"小岚姐姐,你话中有话呢!我什么时候都这样聪明啊!"

小岚"哼哼"了两下,说:"好啦,知道你聪明了,快回去拿几件衣服,我们马上出发去首相府。"

第7章
小路尽头的鬼屋

半小时后,两人在首相府前下了车,还没站定,一个打扮得像只小蝴蝶似的女孩子就扑了上来,一把搂住小岚:"公主姐姐,我好想您啊!"

小岚还没作出反应,旁边的晓星就叫了起来:"你不是妮娃吗?"

妮娃转头一看,高兴得呜哇大叫:"周晓星!"

两个孩子手拉手,高兴得一跳一跳的。

小岚和利安看着他们发呆,不知道这两个孩子怎么会认识。小岚首先醒悟过来:"晓星,她就是你昨晚认识的女孩子?"

没等晓星回答,妮娃就兴高采烈地抢着说:"是呀,我们玩了一晚上,看星星、野餐,很开心呢!"

妮娃说完,又跟晓星说:"晓星,我带你去参观我们家。"

两个孩子手牵手,蹦蹦跳跳地走了。

小岚和利安互相看了一眼,小岚无奈地说:"有了小朋友,就忘了姐姐了!"

利安笑嘻嘻的,一副很开心的样子,他小声嘀咕着:

"求之不得呢。"

小岚扭头问:"你说什么?"

"没什么,我说让他们玩去吧!"利安笑着说,"我们去划艇,好吗?"

"好啊!"小岚好像想起了什么,"咦,你爸爸妈妈呢?"

利安调皮地眨了眨眼睛,说:"他们两老现在身在希腊呢!爸爸要去执行紧急公务,妈妈因为没去过希腊,就跟着去了,后天才回来。"

"哦。"小岚点点头。

小岚上次来,只走了首相府一部分地方,没想到再往里走,还有一个很大的人工湖呢!只见湖边绿树掩映,湖上红莲摇曳,十分好看。

利安把小岚带到小码头,那里泊着一艘绿色的小艇,利安先跳了下去,他向小岚伸出手,说:"公主,请下来吧!"

小岚抓住利安的手,往下一蹦,就跳到了小艇上。她太使劲了,小艇猛地摇晃了一下,她站不稳,身子向后一倒,眼看要掉进水里,幸好利安一把将她搂住,并往相反方向扯去。结果有惊无险,两人齐齐跌回艇上,小岚重重地趴到利安身上。

小岚跟男孩子这么接近,未免有点不好意思,她赶紧爬起身,想起刚才快要落水的狼狈相,不禁哈哈大笑起来。

平日总是大大咧咧笑嘻嘻的利安不知怎的红了脸,他掩饰地拿起一块抹布,低头擦着小艇上的座位。

小岚见他没完没了地擦了又擦,不禁"扑哧"一声笑了起来。这一笑,把尴尬气氛笑走了,于是两人并肩坐下,一人拿一枝桨,使劲划起来。

小艇驶近一片莲花,小岚在中国香港从未见过这么多这么美的莲花,一朵朵粉红粉红的,散发出一阵阵清香;还有那一片片漂在湖面上的莲叶,圆圆的,翠绿翠绿的,就像一个个翡翠盘子。

利安摘了一个花洒似的莲蓬,用手一掰,里面露出几颗翠绿饱满的莲子,利安拿了一颗递给小岚,说:"剥开尝尝,很好吃呢!"

小岚剥掉莲子的外皮,把白玉似的莲子托在手心,细细端详:"真的可以吃?"

利安笑着说:"可以啊,味道很鲜甜呢!"

利安说着,把一颗剥好的莲子往上一扔,再用嘴巴准确地接住,然后津津有味地咀嚼起来。

小岚见了,也学利安一样把莲子往上一抛,然后张大嘴巴去接,可是没接住,莲子掉水里去了。

"哈哈哈!"见到小岚懊恼的样子,利安淘气地笑了起来。他又拿了一颗大的莲子,递给小岚。

小岚不服气,又把嘴巴张得大大的,然后把莲子往上一扔……

噢,又失败了!莲子"扑"一声落在她的鼻尖,然后跳进水里去了。

利安笑得前仰后合,小岚气恼地一把夺过他手上的几颗莲子,往上一扔,其中一颗"扑"一下正好掉进她嘴里。

小岚得意地说:"看,我不是接着了吗?"

利安嘻嘻地笑得很狡黠:"公主果然厉害,厉害!"

"那还用说。"小岚得意极了。她一咬那颗莲子,味道果然鲜美!

突然一阵笑声传来,小岚和利安从莲花中划了出来,一看,原来是晓星和妮娃!这两个家伙不知什么时候也来划艇,但偏不好好划,只将艇停在湖中心,两人疯了似的互相拿湖水泼对方。

利安见妮娃身上已湿了一大片,马上喊道:"妮娃,你的感冒刚好,小心又弄病了。"

晓星一听马上住了手,而妮娃却不肯罢休,哇哇叫着往晓星身上泼水:"好好玩呀,晓星,继续玩继续玩!"

利安摇摇头:"真拿她没办法!"

这时,湖边有人在喊道:"妮娃!"

妮娃一听便高兴地嚷起来:"二哥,你也来了?"

小岚一看岸上,果然见到万卡站在岸边。他扬扬手里一只颜色鲜艳的风筝,喊道:"妮娃快来,我教你放风筝!"

妮娃马上停止了泼水,高兴地说:"放风筝?好啊,我们去放风筝喽!放风筝喽!"

小岚对利安说:"我们也去放风筝!"

小岚和利安首先上了岸。趁利安还在码头上系着小艇时,小岚一阵风似的跑到草地上。万卡正蹲在草地上整理放风筝用的线圈,见到小岚,忙站起来,微微鞠了鞠躬:"公主殿下!"

小岚说:"不必多礼!"

她看见万卡胳膊上的绷带拆了,便问:"胳膊全好了吗?"

万卡说:"是的,全好了!只是父亲不让我回去工作,要我再休息一段日子。"

"对,你还是再休养一段时间好。"小岚看了看草地上那只蝴蝶风筝,不由得跃跃欲试,"你很会放风筝?"

万卡笑笑说:"会一点吧!今天风大,是最适合放风筝的。"

小岚刚想要万卡教她放,妮娃和晓星跑来了,妮娃一把抱住万卡,嚷嚷着:"二哥教我放风筝,教我!教我!"

小岚总不能跟一个小不点争啊,只好坐到树荫下,远远看着。

万卡很快就把风筝放上了蓝天,他扯着线,在草地上奔跑着,和妮娃、晓星一块儿跳一块儿笑,像个淘气的小男孩。小岚惊讶地看着万卡,才知道原来他也有如此活泼开朗的一面。

"小岚公主,快来,我教你放风筝!"利安不知从哪儿找来了一只蜻蜓风筝,朝小岚大喊着。

"哎!"小岚高兴地应着,赶紧跑过去。

"你会放吗?"小岚看了看不远处扯着风筝应付自如的万卡,问利安。

利安说:"很容易呢!今天有风,是放风筝的好天气!"

利安拿着线圈,叫小岚拿着风筝跑到几十步开外的地方站好,他大喊一声:"放手!"

风筝飞起来了,利安扯着线一边后退一边放线,风筝乘风飞起来了。小岚正开心,突然,风筝左右摇摆,眼看要栽下来了。

小岚急忙叫起来:"要掉啦,要掉啦,快收线!"

利安赶紧把风筝收回来,谁知道"扑"一声,线断了,风筝忽悠悠地掉了下去。

小岚很着急:"糟啦,风筝掉了!"

利安把线圈往地上一扔,说:"我去找!"

小岚说:"我跟你一起去!"

两人一起朝着风筝掉下的方向跑去。那是一条弯弯曲曲的小径,小径两旁是一片密林,外面灿烂的阳光被遮挡了大半,只能透过枝叶间隙,把斑驳的树影投在小路上。

也许这是首相府最偏僻的地方了,周围一个人影也没有,耳边除了沙沙的风吹树叶声,就是偶尔几声鸟叫声。

"啊!"小岚不小心被一条横过路面的树根绊了一下,差点摔倒,利安急忙伸手抓住她的胳膊。

利安干脆拉住她的手,小岚也不拒绝,两人手拉手,在小径上走着。

"噢,我看见了!风筝在那里!"小岚指着一棵梧桐树大喊起来。

果然,那棵梧桐树的树梢上,就挂着那只绿色的蜻蜓风筝!

利安说:"我爬上去拿!"

树太高,树干又太直太滑,利安爬了几次都滑下来了,手掌心也被划了几条血痕。小岚忙阻止说:"算了,我们再想办法好了。"

"有了,刚才在码头见到一根长竹竿,我去拿来。"利安突然想到了什么,他对小岚说,"你在这里等我,我一会

儿就回来。"

利安迈开大步跑走了。

小岚站着无聊,便沿着小路向前走去,走了约几十米,眼前突然豁然开朗,咦,原来已是小路尽头了。

前面有一幢灰色的两层的房子。房子十分残旧,跟豪华的首相府极不协调,而且孤零零地隐藏在这树林深处,小岚心里不由得打了个问号。她观察了一下,大门口、窗台上,都挂满了蜘蛛网,不像有人居住。正疑惑着,小岚听到利安着急的呼声:"公主,小岚公主,您在哪里?"

"哎!"小岚急忙沿着小径跑回去。

利安手里拿着一根长竹竿,一见小岚,便松了一口气:"嘿,吓死我了,您跑哪里去了?"

小岚说:"我刚才在这小路尽头见到一幢破旧的房子,是住人的吗?"

"噢,那是一幢鬼屋呢!"利安说,"听说很久前住过一个疯子,后来去世了,就没有人住了。听仆人们说,那里常闹鬼。"

"闹鬼?"小岚眼睛睁得大大的。

"是呀!听说有一次,鬼屋里还传出哭声,非常凄厉恐怖。"

"你进过鬼屋吗?"

"有啊！有一次，我和妮娃瞒着爸爸妈妈，偷偷跑了进去。但里面又黑又脏，除了一些破烂家具，就什么也没有了，我们就赶紧跑出来了。哎，别尽说那鬼屋的事了，我们赶快把风筝弄下来吧！"

利安举起竹竿，很快把风筝挑下来了，两人沿着小路走回了草地。草地上，只有万卡一个人，他把那只蝴蝶风筝放得高高的，在蓝天白云中分外夺目！

而那两个小不点——晓星和妮娃，却不知跑哪去了。

小岚跑到万卡身边，高兴地说："嗨，万卡，你让我过过瘾好吗？"

万卡马上应道："是，公主！"

哎，风筝一到小岚手里就不听话了，马上摇摇晃晃往下掉，吓得小岚呜哇大叫。万卡却显得气定神闲，笑着说："你把线圈给我。"

万卡抓住线圈，往相反方向跑了起来，风筝又扭着身子往上攀升了，升得比刚才还高呢！

"万卡，你好厉害！"小岚高兴得搂住万卡的肩膀一跳一跳的。

粗心的小岚一点没发觉，站一边的利安，脸上一副失落的样子。

第8章
地下室里的疯女人

晚上，小岚睡在首相府一个很豪华的房间里。

睡不着，眼前老晃动着那座又破又旧的房子。她想，要是在自己的小说里出现这么一座旧屋，里面会有什么东西呢？

唔——

有宝藏。里面其实藏着一笔巨款，或者一批珠宝。那是一名江洋大盗逃走时，来不及带走的；

也可能有个被人谋杀致死的冤鬼。这个冤鬼冤魂不散，躲在那里，时不时出来游荡，希望遇到个清官大老爷或大侠什么的，给他报仇雪恨；

但如果，莱尔首相真的牵涉进乌莎努尔许多解不开的谜之中，那这房子里又会有什么呢？

小岚腾地坐了起来。趁莱尔首相夫妇不在家，去那鬼屋看看！

半夜三更的，一个女孩子……小岚再胆大，也有点胆怯。对，找上晓星，和晓星一块儿去。

小岚穿好衣服，又在抽屉里翻出一个手电筒，然后悄悄地出了房间。

晓星睡眼惺忪地出来开门,一听是去鬼屋探险,眼睛马上睁得大大的:"去!去!"

首相府好大,首相府好静,耳边只听得"悉悉悉"的虫鸣。小岚和晓星好不容易找到了白天放风筝的地方,小岚再凭记忆去找那条林荫小道。好几次去了又返,条条小路都像白天走过的,但走到尽头却没有什么旧房子。

他们又累又困,有点泄气了,于是决定:如果走完脚下那条小路再找不到,就回去睡大觉了。

走呀走,小岚突然"噢"了一声,前面黑糊糊的,不就是那座鬼屋吗?终于找到了!两人高兴地一击掌,然后悄悄朝旧房子走了过去。

用手电筒照了一下,那扇大门是虚掩的。小岚鼓起勇气去推门,也许是许久没人去过,门锁都生锈了,"咿呀",发出刺耳的声音。

屋里黑糊糊的,两人都有点紧张,小岚抓住晓星的手,两个人蹑手蹑脚进了屋里。

晓星突然叫了起来:"有鬼啊,我被网住了!"

小岚吓了一跳,赶紧用手电筒照照晓星,不禁"哧"地笑了起来:"哪有鬼?你一头一脸都是蜘蛛网呢!"

"妈呀!我最怕蜘蛛了!"晓星手忙脚乱地在脸上乱抓一通,把那些蜘蛛网都扯了下来。

扰攘了好一会儿,两人才开始观察屋内情况。这是一幢复式住宅,楼下约有一百多平方米,里面全堆满了杂物,乱七八糟的,还发出一股霉味。

晓星捂着鼻子,说:"我快透不过气了,我们快上二楼看看,看完就走。"

两人从楼梯跑上二楼,二楼情况好多了,还像个住人的样子。一进去是个大厅,靠边有四个房间。大厅陈设很简单,屋角有个大屏风,屏风前面有张书桌,旁边放着书柜,另外还堆放了一些杂物。小岚走到书桌前,伸手摸摸桌面,灰尘足有一寸多厚,肯定很久没住人了。

小岚对晓星说:"来,我们一人负责一头,把那些柜子、抽屉全部翻一遍,看看有没有可以研究的信呀、日记呀等东西。"

十几分钟后,他们又碰头了,除了粘了一身灰尘、一脸蜘蛛网外,一无所获。抽屉里光光的,书柜里也光光的,倒好像曾经发生过一场大搜掠一样。

晓星说:"衣橱里倒有些衣服……"

小岚一听马上说:"是吗?带我去看看!"

晓星说:"都霉掉了!我一碰,就掉了一颗纽扣,再一碰,又掉了一只袖子……"

小岚说:"从衣服可以看出房子有什么人住过呢,真笨!"

晓星拍拍脑袋:"噢,我怎么就没想到呢!"

衣橱里挂着十几件衣服,小岚小心翼翼地一件件看过去,全是些女装衣服。虽然已经残旧不堪,但从牌子上还是可以看得出,都是些昂贵的名牌。可以肯定,这里应该住过一位身份不低的女性。

一位有身份的女子,为什么要一个人住在这里呢?她现在还活着吗?要是死了,那为什么这地方还留着?一座如此豪华的首相府,为什么要留着这样一座颓败的旧房子呢?

太多太多的疑团了!

小岚正在呆想时,有人扯了扯她的衣袖,是晓星。他半闭着眼睛,说:"小岚姐姐,该看的都看了,我想回去睡了。"

"好吧!"小岚无奈地说。

晓星领头下楼,走出了大门口,小岚随后,但当她关好那扇沉重的门时,一转身,发现晓星不见了。

小岚吓坏了,莫非让鬼掳去了,忙小声喊了一下:"晓星!"

"嗯!"含混不清的声音从房子一侧传来,小岚用手电筒一照,嗨,这小子,迷迷糊糊地走了相反方向,沿着房子

转到屋后去了。

"嘿!"小岚追了上去,追到屋后才把他拉住。

可是,那家伙又顺势一屁股坐到了草地上。

"哎哟!"他又马上摸着屁股跳了起来,把小岚吓了一大跳。

晓星这回可是双眼圆睁,睡意全无了。他摸着屁股,"哎哟哎哟"地叫着:"好痛好痛,这地上有什么鬼东西,硌得我……"

小岚听了,马上蹲下来,用手电筒仔细照着刚才晓星坐下去的地方。

咦,有个铁环!这铁环被草遮住了,要不是晓星被它硌痛了,还很难发现呢!这时,晓星也蹲了下来:"啊,原来是你这坏东西把我弄痛了!"

小岚用手拨开小草,发现铁环连着一个盖子。

小岚说:"这草地为什么会有个盖子呢,如果让我安排小说情节的话,我会写这铁盖子下面是个洞口。"

晓星兴奋地说:"那你记得写上,这个洞是一个很帅气的男孩子发现的。"

小岚说:"可以啊,但这个男孩得帮忙把盖子揭开。"

晓星捋起袖子:"没问题,小岚姐姐,我们一块儿来拉!"

两人喊了一声:"一、二、三!"

嘿,铁盖拉起来了。

盖子下面,露出了一个方方的洞口!

"是个洞口!"晓星兴奋地叫了起来。

"嘘——"小岚小声说,"轻声点,有灯光!下面可能有人呢!"

洞口处有石级,一直向下延伸。小岚对晓星说:"来,我们下去看看!"

小岚刚要步下石级,晓星一把拉住她,说:"里面可能有怪物或者坏人呢!我是男孩子,我先下去!"

没等小岚答应,他就先走下了石级。小岚只好乖乖地跟在他后面。

他们小心翼翼地,一级一级地往下走,生怕突然有什么东西窜出来。幸好有惊无险,他们终于走完了那二十级台阶。

虽然灯光很微弱,但仍可看清里面的东西。陈设跟刚才去过的二楼差不多,有屏风、书桌、书柜,甚至还有一台电视机。由于光线阴暗,那些家具又以黑色为主,所以显得有点阴森可怕。小岚观察了一下,小声说:"这地方应该有人住的,你看,地方很干净呢!"

正在这时,屏风后面突然传出喃喃的自语声,接着又传

出笑声,那笑声很尖利,很古怪,就像用硬物在玻璃上刮时,发出的那种刺耳的声音。

小岚和晓星只觉得毛骨悚然,正惊慌间,一个黑影"嗖"地从屏风后面跑了出来,很快冲进了一个房间,又"砰"一声把门关上了。

"鬼啊!"晓星抓住小岚的手,跳上石级就要跑。

"嘿,这世界上哪有鬼的!"小岚被他拖了几步,又站住了,"我们不能走!也许,这间屋子,这个黑影,能帮我们解开很多谜。"

晓星犹豫了一下,又点头说:"是,不走!我听小岚姐姐的!"

小岚说:"我们去那房间看看!"

两个人拉着手互相壮胆,蹑手蹑脚地往那房间走去。

小岚用手推了推门,门关得紧紧的。她拍拍门:"里面是谁?能跟我们谈谈吗?"

里面静悄悄的,没人答应。

晓星又叫:"哈罗,请问,你是人吗?"

"嘻嘻……"有人在笑,可以听出是个女人的声音。

小岚和晓星互相看了看,又惊又喜。

小岚又说:"我们是好人,我们不会伤害你的,你打开门好吗?"

"嘻嘻!嘻嘻!啊——"笑声突然变成惨嚎,在寂静中分外恐怖。

小岚和晓星吓坏了,彼此都感觉到对方的手冰凉冰凉的。

"啊——"嚎叫变成哭声,更令人毛骨悚然。

"是个疯子!"小岚和晓星对望了一眼,再也按捺不住了,不约而同喊了一声,"跑呀!"

两人转身跑上石级,奔出地面。晓星生怕那人会追出来,用力把盖子一推,把洞口严严地盖上了。

慌不择路地跑了很远,直到回到那片被灯光照得明晃晃的草地,两人才停了下来,一屁股瘫倒在地上。

小岚喘着气说:"今、今晚的事,别跟任何人说!连妮娃都、都不能!"

"连妮娃都不能说?"晓星好像有点勉为其难,但还是点了点头,"好吧,我不说。"

小岚又说:"改天,我还要去那里。那屋子,那疯女人,一定有什么不可告人的秘密!"

"啊,还去?!"晓星瞪大眼睛。

小岚瞪了他一眼:"害怕了?刚才不知道是谁说,'我是男孩子……'"

"我没说不去嘛!"晓星说,"我舍命陪小岚姐姐!"

小岚一晚上尽在做噩梦。

梦中,她被一个疯女人追赶,她拼命地跑啊跑啊,可是一双脚好像有千斤重,怎么也跑不快,结果被那女人抓住了。女人一边嘻嘻笑着,一边用手去捏她的鼻子,抓她的头发,她想喊,但不知为什么却喊不出声……

小岚吓出一身冷汗,猛睁开眼睛,真的有一个人在捏她的鼻子。原来是妮娃。

"醒了醒了,公主姐姐醒了!有人跟我玩了!"妮娃高兴地拍着掌。

"捣蛋鬼,你把我吓坏了!"小岚用手捂着胸口,埋怨说。见小妮娃一脸天真的样子,小岚又不忍骂她,便问:"现在几点了?"

妮娃大惊小怪地说:"现在都快吃午饭了!公主姐姐真是大懒虫!"

"啊!"小岚吓了一跳,赶紧一骨碌爬起来。

"晓星也是大懒虫,他到现在还没起来呢!"妮娃撅起小嘴说,"我拿小草去捅他的鼻孔,他打个喷嚏,又睡了,真气人!"

妮娃哪里知道,小岚和晓星是半夜时分才睡下呢!

小岚忙起来洗脸刷牙,这时,一个女佣过来,请公主和

妮娃去用午膳。

小岚坐下好一会儿，晓星才睡眼惺忪地走来，他是让妮娃"押送"来的，他一边走一边还嘟嘟囔囔的，好像在说梦话。

首相夫妇还没回来，餐桌上只有小岚、晓星和利安兄妹。小岚见万卡的位置空着，便问："万卡回宫里去了吗？"

利安说："是呀，他说手没什么事了，回去看看。"

妮娃一直在教训晓星："你看你，老是没睡醒似的，像个傻瓜！你昨晚没睡好吗？你上哪去了？"

晓星一下精神起来，兴致勃勃地说："昨晚呀……哎哟！"

是旁边的小岚狠狠地踩了他一脚。

晓星一下跳起来："小岚姐姐，你干吗……"

小岚截住他的话："我想你清醒点呀！"

晓星嘟嘟嘟囔囔的，用手揉着脚。

一队佣人鱼贯而上，送上了丰盛的午餐。晓星被美食吸引了，他忘了讲昨晚的事，当然连脚痛也忘了。

餐桌旁的两个男孩子，利安殷勤地给小岚挟好吃的，晓星却专心地给自己挑好吃的，把妮娃气得撅着嘴，还是小岚给晓星使了个眼色，他才一边塞食物进嘴里，一边给妮娃送

食物。

利安给小岚挑了很多食物,然后才坐下来,笑眯眯地看着小岚开怀的吃相。

也难怪,这小岚和晓星,连早饭都没吃呢!

利安愉快地说:"公主,您在这里多住几天,我们去放风筝、骑单车、打网球好吗?"

"嗯!"小岚嘴巴塞得满满的,含含糊糊地回答着。

利安高兴地说:"那我们说定了,我来安排节目,保证您玩得开心!"

利安说得高兴,立即跑去找来纸笔,写啊写的,真的制订起活动计划来:"今天……明天……后天……"

"嘿嘿,活动这么丰富,我干脆搬来住好了!"

小岚只是开玩笑,没想到利安却高兴得两眼放光:"真的?那太好了,反正我们这里房间多的是,你喜欢住哪间就住哪间!"

小岚盯着他,心想,这小子怎么啦,我随口说说,他就当真啦!

这时,有个男佣人匆匆进来报告:"首相大人和夫人回来了。"

利安一听马上吩咐道:"你去告诉膳房总管,让他们多

烧几个菜！"

男佣人答应了声"是"，退出去了。

一会儿，莱尔首相和夫人进来了，看来他们已换过了衣服，梳洗过，所以一点看不出旅途劳累的样子。

两人向公主问安后，首相说道："公主光临寒舍，老臣深感荣幸，不过，公主实在不宜在此久留，等会儿吃过饭，宫里会有车来接您回去。"

小岚一听很不高兴，说："首相，难道您不欢迎我在您家作客吗？"

莱尔首相马上说："公主请勿误会！因为离开王宫后，公主的安全就得不到保障，加上您连一名卫士都没带，如果有什么差池，老臣担当不起。"

小岚没再说话，只是一脸不高兴。

饭后，小岚坐上王宫派来的车，回宫去了。玛亚一见小岚便说："公主，宾罗先生想见您，我让他在书房等您呢。"

小岚点点头："好的，我马上去书房。"

晓星跟在小岚后面："小岚姐姐，我们能不能把在莱尔首相家见到疯子的事告诉宾罗伯伯？"

小岚说："当然不能！我们还不知道他是好是坏呢！"

晓星嘟嘟囔囔地说："其实伯伯多好啊，怎么会是坏

人呢！"

小岚叹了口气,说:"我也希望他是好人呀!如果有他帮忙,我们就不用孤军作战了。"

说着说着就到了书房,宾罗先生正坐在沙发上看一本书,一见他们进来,马上起立,说:"公主,您回来了?"

"嗯!伯伯请坐!"小岚坐到宾罗先生对面,问,"伯伯,找我什么事?"

"公主,这是国会讨论的记录,议员们都希望您在登基前多了解一些乌莎努尔文化。"宾罗先生递给小岚一份文件,又说,"我已经替您找了位老师,他一会儿就来见您。"

小岚苦着脸:"啊,现在每天学说乌莎努尔语,脑袋都已经塞得满满的了。"

晓星说:"小岚姐姐,伯伯都是为了你好呢,顶多我当你的陪读吧!"

这时,有人在门口按铃。宾罗先生说:"咦,老师来了!"

晓星去开门,只听他大喊一声:"万卡哥哥!"

那大步走进来的正是高大英俊的宫廷侍卫队长万卡。

他向小岚微微鞠躬:"公主殿下!"

晓星笑嘻嘻地看着万卡,走过去友好地拉着他的手,自从万卡在香岛酒店"英雄救美",把从高空掉下来的小岚救起,他就把万卡当超人一样去崇拜了。

小岚心里其实很喜欢宾罗先生给她找的老师,但还是故意问:"他能当我老师吗?"

"当然可以。别看万卡年纪轻轻的,他已经在国外拿了两个学士文凭,最近又在本国攻读本土文化,拿了个硕士学位呢!"宾罗先生说。

晓星仰慕地看着万卡:"万卡哥哥,你知道吗?我现在有两个偶像了!"

万卡好奇地问:"是吗,哪两个?"

晓星神气地说:"一个是小岚姐姐,另一个就是你。"

"我?!"万卡笑了起来,"谢谢!"

宾罗先生对小岚说:"怎样,还满意这个老师吧!"

小岚说:"噢,还好!"

晓星对宾罗先生说:"伯伯,我要做姐姐的伴读,行吗?"

宾罗先生说:"你问公主吧。"

"你嘛……"小岚睨了晓星一眼,"不行!你总是喜欢捣乱!"

晓星摇着小岚的胳膊:"姐姐,好啦!好啦!"他又拉

着万卡的胳膊晃:"万卡哥哥,你帮我说说好话呀!"

万卡为难地看了小岚一眼,想说什么又止住了。

小岚见这样,忙说:"好吧好吧,麻烦鬼!不过,要是扰乱课堂秩序,就随时革退!"

"知道!"晓星十分雀跃。

宾罗先生笑眯眯地看着他们,说:"那学习就从明天开始吧!公主早点休息。"说完,就跟万卡一起走了。

小岚关上书房门,对晓星说:"喂,今晚我想再去一趟首相府。"

晓星为难地说:"还去?我看莱尔首相好像不大欢迎我们。"

小岚说:"咦,你也觉得呀!但他越这样,我越觉得他心里有鬼!"

晓星点头道:"是心里有鬼!"

小岚说:"那个疯女人究竟是谁?为什么把她一个人藏在地下室?所以,我想今晚再去一次首相府,把这事查个水落石出!"

晓星拍拍胸口:"好,我听姐姐的!"

"好,今晚十二点,花园里小凉亭见!"

第9章
从地下室出来的人

十二时正。小岚悄悄起了床,她打开落地窗的门,走出了花园。

小凉亭里,晓星在柱子后面鬼头鬼脑地看着,见到小岚出来,便猛朝她挥手。

小岚走近,又打手势让晓星跟她走。两人一直走进车房。

啊,简直是名车大展览!什么奔驰、保时捷、兰博基尼,应有尽有。晓星很感兴趣地摸摸这辆,摸摸那辆,说:"姐姐,虽然这些东西都是属于你的,但你没有钥匙啊?"

"钥匙没有,有这个!"小岚掏出一条小铁丝。她走近一辆宝马,蹲下来用铁丝捣鼓了几下,再一拉车门,哈,真神奇,车门马上开了。

"这可是刘警长教我的绝活,了不起吧!"小岚坐进车子,得意地说。

刘警长是小岚在中国香港时认识的朋友,他们在一起讨论过不少案件,曾一起研究不法之徒的犯罪手法。

晓星雀跃地说:"哇,姐姐好厉害,你以后不当公主,可以当神偷呢!"

晓星开心地坐上了车前座司机位旁边，他一边系安全带，一边问："姐姐，那你准备上哪儿去偷个司机来呀？"

小岚一屁股坐到司机位，说："我就是司机！"

晓星吓得叫起来："啊，你？救命！"

"别慌！我在中国香港学过开车的，只是没正式去申请驾驶证。"小岚瞪了晓星一眼说，"不敢坐就下车去！胆小鬼！"

"我才不是胆小鬼呢！"晓星怕小岚说他胆小，便硬着头皮说，"坐就坐，你开车呀！……不过，等等！"

晓星说完，赶紧打开车门下了车，钻进车后座，嘴里还小声嘀咕说："坐后面，会死得没那么难看。"

"你说什么？"小岚把眼睛一瞪。

晓星赶紧说："没什么，我说姐姐开车，我放心。"

"坐好！"小岚一踩油门，车子呼一下就向前冲，吓得晓星赶紧抓住车顶上的扶手。

车子来到王宫大门口，两位卫士拦住了，要查看证件。

小岚打开车门下了车，那两位卫士一见，忙说："啊，是公主殿下！对不起，刚才没看清楚是您！"

"不要紧！"小岚笑笑说，"你们会开车吗？"

两位卫士异口同声地说："会！"其中一位长着一张娃

娃脸的还特意补充了一句:"在乌莎努尔,几乎人人都会开车的。"

小岚满意地点了点头,她指了指娃娃脸:"那好,你替我开车吧,我要出去一下!"

"行!"娃娃脸有机会替公主开车,觉得很荣幸!

小岚拉开车后座门,和晓星坐一块儿。

"哦,姐姐,原来你刚才是吓唬我!"晓星这才放下心,笑嘻嘻地说。

小岚朝他挤了挤眼睛:"我想试试你的胆量呢!幸好你没临阵退缩。"

晓星拍拍胸口:"当然,我晓星是这样胆小的人吗?"

"不胆小?那你干吗还抓着车扶手?"小岚似笑非笑地说。

"噢!"晓星赶紧放开手。

这时候,娃娃脸问:"请问公主,您要去哪里?"

晓星答道:"去首……"

小岚忙打断他的话:"你沿着大路走,到了我会告诉你。"

她又朝晓星使了个眼色。晓星伸了伸舌头,这次夜探首相府,小岚说过是要保密的呢!

车子驶出宫门,转入一条宽敞的大马路,娃娃脸的开车技术很好,车子开得不快不慢,没有一点颠簸的感觉。

晓星想起刚才娃娃脸说差不多人人会开车的那句话,便好奇地问:"这里很多人都有车吗?"

"是呀!"娃娃脸自豪地说,"乌莎努尔是一个富裕的国家,几乎每家每户都有私家车。"

"小岚姐姐,你的国家真了不起啊!"

"当然!"小岚得意地说。

小岚还想说什么,突然发现前面不远处就是首相府,忙叫道:"停车!停车!"

娃娃脸把车子稳稳停下,小岚下了车,对娃娃脸说:"你就在这儿等我们。"

娃娃脸说:"是,公主!"

小岚拉了晓星一把,说:"走!"

晓星问道:"姐姐,我们从首相府正门进去吗?"

小岚说:"笨蛋,那不惊动莱尔首相了吗?我们爬墙进去。"

说话间已来到首相府围墙外面,两人一路沿着围墙边走,晓星边走边问:"我们该从哪里爬进去呢?搞不好,一爬进去,马上就被人抓住了!"

小岚说:"少啰唆,我认得地方。"

正说着,小岚喊了一声:"这里就是!"

晓星抬头一看,他们站立的地方跟附近并没有什么不

同,都是两米多高的围墙,墙里面是大树。

小岚踮起脚,从低垂的树枝上扯下一缕什么,晓星拿过来一看,是放风筝的线。晓星有点疑惑,不知这缕线跟小岚确定的方位有什么关系。

小岚说:"昨天我和利安放风筝,线断了,风筝落到一棵树上。我是去找风筝时,发现那幢房子的。"

"我明白了!这些线,就是当时留在这棵树上的。"晓星兴奋地说,"我们从这儿进去,很快就可以找到鬼屋了。"

小岚点点头。她抬头看看,围墙有她一个半人高,怎样才能爬上去呢?

她看了看瘦小的晓星,说:"来,你站到我肩上先爬上去,然后拉我上去。"小岚说完,便蹲了下去。

"站你肩上?"晓星犹豫起来。小岚并非壮实女孩呀!

小岚说:"快点,等会儿有人走过来,就麻烦了!"

晓星只好站到小岚肩上,小岚扶着墙,往上一使劲,哈,站起来了。

晓星爬上围墙,又把小岚拉了上去。两人看看左右没人,便跳到围墙里面。

小岚观察了一下,小声说:"那前面黑糊糊的就是鬼屋。"

两人走到鬼屋前,又顺着墙壁,准备绕到屋后面。突然,小岚听到一阵响声从洞口方向传来。她赶紧停住脚步,又一把拉住晓星,两人闪到一棵大树后。

月光下,他们看见一个人揭开盖子,从洞口钻出来。因为是背光,看不清脸孔,只是可以知道这人年纪一定不小了,腿脚有点笨拙。他小心地走出地面,又回身蹲下,把盖子盖好。

就在他一转身的时候,他的一张脸在月光下暴露无遗。小岚和晓星差点大声喊起来——是莱尔首相!

莱尔首相好像怕被人看到,站在那里东张西望一番,然后才轻手轻脚地离开。

两人一动不动地躲在树后,大气都不敢出。因为莱尔首相正朝他们迎面而来,稍有不慎就会让他发现。幸好,莱尔首相在离他们一米远的地方走过去了,拐进了那条林中小路。

听着莱尔首相踩着干树叶发出的"窸窸窣窣"声越去越远,小岚和晓星才松了一口气。

两人不敢贸然跑出去,担心莱尔首相去而复返。又等了几分钟,听到周围一片死寂,他们才蹑手蹑脚地走了出来。

此刻,两人脑子里都有很多问号:莱尔首相跟那疯女人是什么关系呢?他为什么要半夜三更一个人跑来,仿佛要瞒住全世界似的!

小岚拉拉晓星,两人走到洞口,也许,再探一次地下室,就能把这个秘密揭开。

晓星抢先蹲下去,用手拨开青草,找着了那个铁环,用力一提。

噢,盖子没能提起,怎么回事?小岚蹲下一看,盖子上竟加上了一把锁!

晓星说:"姐姐,快使出你的开锁天分。"

"我没有工具。"小岚摇摇头说,"我们先回去吧,回去再想办法。"

小岚和晓星回到停车处时,娃娃脸正在打瞌睡,一见到两人回来,马上抖擞精神,问道:"公主殿下,您还想去哪里?"

小岚说:"回王宫吧!"

娃娃脸应道:"是!"

娃娃脸稳稳地发动车子,把两人送回王宫。从车库出来时,小岚对娃娃脸说:"你别把我出来过的事说出去,知道吗?"

"放心吧,公主!"娃娃脸机灵地应道,"公主微服出巡视察民情,当然要保密了!下次公主再想出去,我一定再为您效劳!"

"对对对,微服出巡,你真聪明!"小岚用力拍拍娃娃脸的肩膀,以示赞赏,然后对晓星说:"到书房去!"

小岚和晓星一人躺在一张沙发上,眼睁睁地看着天花板,想着刚才发生的事。

晓星首先按捺不住了,他问小岚:"姐姐,你怎么看刚才见到的事?"

小岚说:"如果我写小说,故事发展下去一定是莱尔首相在保护一个人。很多人因为某种原因要害这个人,而莱尔首相把她藏起来,还故意散播鬼屋的故事,不让人走近那里。"

晓星点点头,说:"有可能!但现在地下室被锁上了,我们进不去,没法再进一步了解情况……"

"唉!"小岚叹息说,"有谁能帮我们呢?!"

"我们去找伯伯吧,他肯定能帮忙。"晓星说,"我觉得伯伯一定是好人,他拿钱给那个满刚,肯定有他的原因,但绝对不是出于坏心肠。"

小岚说:"我也这样想,但问题没弄清之前,我们还是不能把我们的发现告诉他。因为如果伯伯是好人的话,他一定不会让我们冒险去追查地下室女疯子的事。如果他是坏人,就会把事情弄得更糟。"

晓星点点头:"小岚姐姐说得也对,是不能跟伯伯说。"

"那个女人是谁?她和莱尔首相究竟是什么关系?唉,好复杂啊!"小岚自言自语地说。

第10章
路边的女孩看过来

今天,小岚要上第一堂乌莎努尔文化课。小岚和晓星吃完早餐来到书房时,见万卡早已在书房外面的小厅里等候了。小岚看看手表,是七点五十分。

小岚苦着脸说:"万卡,求求你明天别太早来。学那些东西好闷。"

"别担心!"万卡笑笑说,"今天的课不用坐在这里,我会带您到外面上。"

晓星一听便拍起手来:"太好了!"

小岚忙说:"那还不快走!"

一行三人走到车库,万卡把他们带到自己那辆黑色的兰博基尼前面。

"哎,车钥匙呢?"万卡摸了摸口袋,又说,"一定是忘在您的书房了,我回去拿。"

"万卡哥哥,不用啦,叫小岚姐姐开就行!"晓星说完,拉着小岚说,"姐姐,快施展你的手艺!"

万卡莫名其妙地看着他们。

"去你的,什么手艺!"小岚慌忙推开晓星,她不想让

万卡知道她的小伎俩,"我叫玛亚派人送来就是。"

小岚给玛亚打了个电话,玛亚马上叫侍女把车钥匙送来了。

万卡开车很稳,坐在上面很舒服。马路很宽阔,车子不多,可以悠悠然地仔细欣赏两旁的景致。

马路两边尽是一幢一幢的小楼房,全部是三层高,设计很新颖,每幢楼都称得上是一件艺术品。

晓星很感兴趣地问道:"万卡哥哥,这些小楼房都是有钱人的别墅吗?"

万卡说:"不,这些都是普通市民的居所。"

晓星眨巴着眼睛说:"你们的国民真有钱啊!"

万卡自豪地说:"乌莎努尔是一个福利国家,市民享有很多优惠。比如说这些房子,全部是由政府无息贷款兴建的,市民可享有长达二十年还款期。"

"那真是不错啊!记得我妈妈讲过,我们中国香港的房子跟银行贷款,十五年还清时,足足付了房子原价一倍多的钱呢!"小岚又问,"这里看病要给钱吗?"

万卡回答说:"只需交十块钱挂号费,之后的药费,或者住院费、手术费都全免。"

晓星抢着问了一个他最关心的问题:"这里读书要交学费吗?"

万卡没马上回答,他专注地把车子拐进了一条海湾大

道，才答道："当然不用。全民教育，政府鼓励国民读书。不但不收学费，而且……"

晓星抢着说："不是还有钱给吧？"

万卡笑道："你说对了。每位上学的学生，政府会发给伙食津贴。"

"哇！发达了！"晓星十分雀跃，"我可以用爸爸给的钱买部最棒的游戏机啰！"

"啊！不错，真不错！"小岚又有点担心地说，"这样国家的福利开支会很大，能负担得来吗？"

"绰绰有余呢！"万卡指指大海中间那些平台，"看见那些石油钻井了吗？那是我们的福利来源。每一桶石油，就是一桶钞票……"

"乌莎努尔万岁，万岁！"晓星不禁欢呼起来。

"你们快看！"小岚突然惊讶地指着路边，那里有个十六七岁的女孩子，正坐在一个旅行箱上，"你们快看，快看，那是不是……晓晴！晓晴！！"

晓星也开心得哇哇大叫起来："晓晴姐姐！"

万卡马上把车子停了下来。

马路边的女孩看过来，果然是晓晴！

晓晴见到有辆轿车停在面前，有点发呆，直到看见小岚和晓星从车子里蹦出来，才惊喜地大叫起来："天哪，是你

们呀!"

小岚跑过去,紧紧拥抱住晓晴:"晓晴,可想死你了!"

晓星说:"姐姐,你真是神出鬼没呀!怎么突然就出现了呢?爸爸妈妈知道你来吗?"

"当然知道!"晓晴得意地说,"他们哪拗得过我!还是同意我来了。本来他们要陪我来,我怕他们烦,自己买了票,悄悄来了,给你们一个意外惊喜。"

小岚说:"这个惊喜可真意外啊,我还以为自己看花眼了呢!"

"哈哈哈!"晓晴笑完,才说,"本来很顺利,一下飞机就拦了辆出租车去找你们,谁知道半路车子抛了锚,只好在这等出租车,可是总等不到。幸亏遇见你们!"

这时万卡下了车,朝晓晴鞠了个躬:"晓晴小姐,你好!"

"你好,万卡!"晓晴一见万卡很高兴,又指指搁在地上的旅行箱子,"能替我拿上车吗?"

万卡说:"行!"

晓晴说:"万卡,你真好!"

小岚说:"好了,我们上车吧,晓晴也累了,早点回去休息。"

"好啊!"晓晴没等小岚安排,就拉开前门,坐到了万

卡身边。

小岚和晓星仍坐在后座。

一路上,晓晴老跟万卡说话:"万卡,你车开得真好,以后可以教我开车吗?"

"万卡,你可以带我到处玩玩,参观乌莎努尔风光吗?"

"万卡,我在这里什么都不懂,你可要多多提点我啊!"

万卡只是"嗯嗯"地应着。

晓星想跟晓晴说话,问问家里情况,但总插不上嘴,好不容易才找了个空当儿,他大声问道:"姐姐,你怎么老跟万卡哥哥说话呀?你是不是喜欢万卡哥哥呀?"

"去你的!"晓晴扭转头,狠狠瞪了晓星一眼。

小岚眯着眼睛,嘿嘿地奸笑着。

晚上,晓晴没回自己的卧室,一定要跟小岚睡。

"噢,我今天终于住进真正的王宫了!"晓晴躺在一张舒适的躺椅上,半眯着眼睛惬意地说,"我不是在做梦吧,真像在童话故事里……"

小岚说:"还童话故事呢!世界并不是像你眼中那么美好的。"

小岚把来乌莎努尔后发现的怪事统统告诉了晓晴。

"鬼屋,疯女人,真有点恐怖!"晓晴一双受惊的眼睛骨碌碌转了一圈,说,"依我看呀,这里除了万卡以外,所

有人都值得怀疑!"

"很难讲。"小岚拿着小喷壶,给露台上那些花喷着水,"莱尔首相家里有这么多怪事,谁能保证万卡不是知情者。"

"不会不会!我觉得万卡不是这样的人!"晓晴急得从躺椅上坐了起来,"他只不过是个养子,即使莱尔首相有什么秘密,也不会跟他说的。"

"你那么激动干吗!"小岚瞪了晓晴一眼,"不过,我也觉得万卡不像是个会同流合污的人。"

"你知道就好。"晓晴这才放心地躺了下去。

晓晴刚躺下去,又"噢"一声跳了起来,她指着露台的玻璃门,颤抖着声音说:"鬼,鬼啊!"

小岚忙望向露台外面,只见玻璃门外,有个人呈大字形贴在门上。

"谁?"小岚大喊一声。

"唔……"门外有人发出怪声。

小岚跑去把门一拉,紧接着来个饿虎擒羊,把那人的手扭住。那人喊了一声"救命!"一看,原来是晓星。

小岚还没开口,晓晴就冲过去,敲了晓星脑瓜一下:"坏小子,吓死我了!"

"你们好暴力啊!人家跟你们玩玩嘛,犯得着又抓又打

的。"晓星委屈地摸着脑袋。

晓晴说:"活该!"

小岚倒是动了恻隐之心,摸摸晓星的头顶说:"乖,姐姐明天请你去紫薇行宫参加舞会。"

"舞会!"晓星还未作出反应,晓晴倒是挺感兴趣的,马上追问,"请的都是些什么人?"

小岚说:"全是乌莎努尔大臣家的男孩女孩,这是议会决定举办的,他们希望我结识更多这里的年轻人。"

"啊!"晓晴惊叫了一声,"小岚,你怎么不早跟我说,我找点时间做做面部护理!"

晓星不满地说:"人家小岚姐姐只说请我,又没说请你哪!"

"好小子,别小家子气,顶多以后你的脏衣服我包洗了。"晓晴笑笑说。

"那还差不多!"晓星表示愿意和解。

"太好了!明天我可要成为最漂亮的一个!小岚,可以让我在你的服装间里挑一套晚装吗?"

"去挑吧,贪靓鬼!"小岚笑着说。

晓晴欢呼着跑进小岚的服装间。

"咦,不对呀!这里有的是佣人替我们洗衣服……姐姐,你好狡猾!"晓星转身走去服装间兴师问罪。

第11章
紫薇行宫里的欢乐舞会

紫薇行宫是乌莎努尔十个行宫中最大最豪华的一个,那是第十六代国王兴建的,一直用来招待贵宾。

当天下午,吃过午饭后,小岚就带着晓晴、晓星来到紫薇行宫,一来检查一下舞会的准备情况,二来也想参观一下这个闻名的行宫。

车子刚停下,玛亚就笑容可掬地迎了上来。她是这次活动的负责人。

玛亚首先带他们去休憩区,那里建了近百幢漂亮的小别墅,每幢小别墅都用花做名字。小岚和晓晴、晓星分别住了最大最漂亮的那三幢——玫瑰别墅、茉莉别墅、仙人掌别墅。

玛亚一边指挥侍女侍候公主,一边说:"公主,我给您汇报一下舞会的准备情况。"

小岚说:"不必了!玛亚,我对你的办事能力很有信心!我等会儿会和晓晴他们在行宫随便走走。"

"是,公主!"玛亚又问,"公主,我派人给您带路好吗?"

小岚摇摇头说:"不用了,我们自己走就行了。"

"是，公主！那我先退下了。"玛亚朝小岚欠了欠身，退下了。

玛亚刚离开，晓晴就咋咋呼呼地跑进来了："天哪天哪！"

小岚吓了一跳，以为出什么事了。晓晴激动地说："天哪！小岚，你知不知道，我房间里有十几款漂亮晚装，全都合我的尺码！"

小岚还没来得及表示什么，晓星又冲进来了："天哪天哪！我住了一间多有趣的房间啊，里面有着所有限量版游戏机带！"

小岚瞪大眼睛："说你们不是两姐弟都不行，说的话都一个腔调！"

"是吗？！"两姐弟呼啦一下又跑回自己房间去了。

两名侍女服侍小岚洗好脸，小岚又重新化好妆，然后换了一套宽松清爽的T裇牛仔裤。

那两个家伙还没出来，不用问，一个一定是在试衣服，一个肯定在打游戏机。

小岚兴冲冲把那两姐弟从茉莉别墅和仙人掌别墅里揪出来了，要不，他们准会在里面窝上几天几夜不出来。

紫薇行宫里真大啊！动物园、剧院、高尔夫球场，各种

紫薇行宫里的欢乐舞会

游乐设施应有尽有,小岚他们走马观花走了一个多钟头还没走完,要不是玛亚派人来请他们回去用晚膳,晓星还死赖在动物园不肯走呢!

舞会在行宫的宴会大厅举行。不知老国王是否有意向贵宾显示乌莎努尔的富庶,这里的宴会大厅比王宫的宴会大厅还要豪华。占地约五百平方米,大厅足有十层楼那么高,顶上几十盏水晶吊灯全是当今最杰出的设计师的得意作品,墙上各种装饰花纹充满欧洲宫廷气息,美轮美奂。

晚上七时过后,陆续有客人坐着各种不同牌子的名贵轿车到达,年轻客人们都珠光宝气,衣着漂亮,这里简直像在举行一个时装和珠宝的表演晚会。

晚上八点整,所有应邀的客人都到齐了,打扮得体的玛亚宣布舞会开始,她大声说:"有请小岚公主!"

两名卫士推开了大厅那扇紧闭的门,小岚款步走了出来,一边走一边向客人们挥手,晓晴和晓星跟在她后面。

小岚并没有刻意打扮自己,她头戴钻石皇冠,身穿一袭白色长裙,脚上一双白色的中跟皮鞋,脖子上戴着一条珍珠项链,但她那种逼人的青春活力,那种高贵大方的气质,仍把所有披红挂绿、珠光宝气的客人比了下去。她刚一出现,竟然令百多名客人呆了片刻,之后大家才突然爆发出一阵热

烈的掌声。

待掌声停止,小岚作了简单的欢迎词:"欢迎各位来宾莅临晚会,今晚,是一次青春的聚会,是一次友谊的聚会,我们尽情跳舞,尽情畅谈,尽情享受这美好的夜晚。在这里,没有公主与臣民,我们全是朋友,可以不拘礼节,可以没上没下,没大没小,让我们一起跳起来吧!"

"噢!公主万岁!没上没下万岁!"小岚话音刚落,全场便欢呼起来,本来他们都是些活泼好动的孩子,要规规矩矩遵守宫廷礼节,所谓"行有行相,坐有坐相",那可真难为了他们。现在公主宣布可以不拘小节,真让他们高兴坏了,随着《蓝色多瑙河》的舞曲响起,几个男孩女孩已率先舞动起来了。

一个男孩走过来,向小岚鞠了一躬,说:"不知我有没有荣幸和公主跳第一支舞?"

小岚一看是利安,马上高兴地伸出手,和利安步入了舞池。

晓晴也随即接受一位小帅哥的邀请,跳起舞来。

晓星被两个姐姐撇下,正感委屈,突然有个女孩跑来,"嘿"一声拍了拍他肩膀,原来是妮娃!

妮娃笑嘻嘻地说:"会跳舞吗?"

晓星有点脸红,支支吾吾地说:"不,不会……"

妮娃说:"不要紧,我教你!"说完,就拉着晓星的手,走进了舞池。

宴会大厅里,乐曲声、欢笑声,汇成一片。

晓晴乐疯了。她本来就是"舞林高手",人又长得俏丽活泼,所以男孩们都争着请她跳舞,她跳完一曲又一曲,简直没停过。

晓星呢,在妮娃的速成训练下,居然也笨手笨脚地跳了起来。

小岚和利安跳完一曲后,就在场内走了一圈,和男孩女孩们友好地交谈,认识了不少新朋友。突然有人走近,有礼貌地问道:"公主殿下,可以跟您跳舞吗?"

小岚扭头一看,是一个身材颀长的美少年,白西服白皮鞋,风度翩翩。是万卡呢!

小岚微笑着点了点头,被万卡牵着手,走进了舞池。也许是由于这一对少男少女从外形到服饰、到舞步,都太完美了,其他人都自惭形秽,他们全都悄悄停住了舞步,站在旁边观看。

小岚笑着问万卡:"怎么现在才来?"

万卡说:"对不起!副侍卫队长家中有事,回王宫迟了,我不放心,等他回来了才敢离开。"

小岚点点头,说:"不用说对不起,你是尽职尽责

而已。"

小岚又说:"你以前来过这里吗?这真是一个好地方!但老这么空置着,一年才使用那么几回,也太浪费了。"

万卡点点头:"我也有同感呢!"

小岚说:"我有一个想法,等我即位以后,要做一件事,就是把这里改作世界儿童村,让一批缺少照顾的孤儿在这里居住、学习。不论国籍,不论肤色,到他们长大成人之后,再回到自己国家,建功立业。"

万卡眼里露出惊讶的神情:"我真没想到,您会这样为那些苦难的孤儿着想!公主,我也是个孤儿,我替那些苦难中的孤儿谢谢您!"

小岚兴奋地说:"那么,将来筹建儿童村,你也来帮忙,好吗?"

"求之不得!"万卡笑得很开心。

小岚继续说:"我还有很多想法,乌莎努尔是个富庶的国家,但如果只是将钱花在追求豪华享受上,那太缺少意义。我想,将来可以利用我们的富有,做更多有意义的事,比如在国际上办更多的慈善事业,投资科技,设立各种科学和文学奖……"

万卡感动地看着小岚,好像要重新认识她。

两人边舞边聊,十分愉快,好一会儿才发现偌大的舞池

只有他们俩,小岚大声说:"朋友们,跳呀!"

其他人这才纷纷走进了舞池。

客人们玩得很开心,一直到深夜两点多才休息,把那些小别墅全部住满了。第二天早上,吃完准备好的丰盛早餐,他们才开开心心地各自离开。

等全部客人都离去后,小岚和晓晴、晓星也乘车回王宫了。

一路上,晓晴都没停过嘴。

"昨天好开心啊!我粗略计算,有十五个男孩邀我跳过舞呢!"她有点得意地看了看小岚,又说,"那利安是个有趣的男孩,他不停地跟我说笑话,跟他一起很开心。他还说,你常到他们家玩,邀我以后也跟你一块儿去!"

小岚瞟瞟晓晴,笑说:"哈,有人芳心动了。"

"乱讲!"晓晴扭转身,猛地咯吱起小岚来,小岚笑得差点岔了气。

第12章
她为什么要说谎

小岚的养父养母马仲元和赵敏在嫣明苑会客室里一边小声说着话,一边等着女儿回来。他们都心事重重的。

埃及的古墓挖掘工作进展顺利,所以他们很快完成了手头工作,就来乌莎努尔探望女儿了。女儿虽然向来独立,又聪明过人,但毕竟还未到十六岁,要管理国家大事,不知道能否担得起这重任。夫妇俩虽然不指望能帮女儿多少忙,但也希望能给她鼓鼓劲儿。

来乌莎努尔途中,赵敏忽然想起小岚生母来。于是,她跟丈夫商量:"我们去探望一下小岚的生母吴月英,如何?"

马仲元摇摇头,说:"小岚对吴月英的所作所为很反感,不是说了暂时不想跟她扯上关系吗?我们去找她,小岚会不会生气?是不是等小岚长大几岁,懂事了,再说服她认回母亲?"

赵敏说:"吴月英当年也是万般无奈才把小岚遗弃在江边的,可能她心里一直不安。现在女儿找到了,但又不能见面,她一定很难过。我们可以跟她说是小岚委托我们去看她

的，让她好受些。"

马仲元笑着说："好吧！就依老婆大人的话去做！"

就这样，夫妇二人辗转去了西安，重返十六年前曾踏足的古老城市。

到达西安，适逢下班的高峰时段，马路上车水马龙，出租车在路上缓慢地行驶着，他们正好可以欣赏沿途景色。西安虽然已是一个现代化城市，但一些地方仍保留着古朴的模样，那历史悠久的大雁塔、古城墙、钟楼等名胜古迹，在阳光的照射下显得绚丽多姿。

车子转入一条沿江路，赵敏突然大叫起来："停车，停车！"

司机不知发生了什么事，赶紧刹车，车子"嘎"地发出刺耳的声响。

赵敏拉开车门，拉着马仲元跑下了车，嘴里叫着："就是这里，就是这里！"

马仲元知道她说什么，也惊喜地说："对对对，就是这里！"

他们找到了十六年前发现小岚的地方！那棵盘根交错的百年老树，那张长凳……

赵敏兴奋地指着那张石头做的长凳说："看那张长凳，当年我们发现小岚时，她就躺在上面！"

马仲元走近，说："咦，这不是当年那张了！记得当年那张是木头做的，还有靠背。"

赵敏观察了一下那张还很新的石凳，说："对，是木头做的靠背椅，好像已经十分破旧，可能后来烂掉了，所以换成石头做的。"

马仲元说："可惜相机没带在身边，要不照儿张相，回去给小岚看看。"

赵敏笑着说："以后有机会干脆带她来一趟好了。"

两人待了好一会儿，才又坐上出租车。

人生路不熟，两人按照地址转弯抹角的，直到傍晚才找到了吴月英的家。

开门的是一个中年女人，听赵敏说找吴月英，她忙应道："我就是吴月英呀！你们是谁？"

赵敏一听，马上热情地抓住那女人的手，说："吴大姐，你好啊！我们是小岚的爸爸妈妈，噢，应该说是小岚的养父养母。"

"小岚？"吴月英怔了一会，才说，"啊，是我女儿的养父养母。请进来请进来！"

吴月英的家好像新搬进来不久的样子，室内装修、家具都是新的。一台42寸的等离子电视机，显示着这户人家颇有经济实力。

"我们是代表小岚来看你的。"赵敏笑着说,"小岚她很忙,抽不出时间来。不过,等她熟悉了那边环境,一切走上正轨后,她会来看你的。"

吴月英忙说:"她忙,就别勉强她了,有空再说吧!"

马仲元看看四周,问:"你先生呢?"

吴月英说:"他上班去了。"

赵敏问:"听说他是做生意的,从事哪一行?"

吴月英摇头说:"现在没做生意了,早几年做家具生意亏了很多钱,变成穷光蛋,只好去打工了。现在开货车,勉强养家吧!"

赵敏和马仲元不约而同环视了一下四周,买这四室一厅的新房子可要不少钱呢,怎算"勉强养家"!

吴月英又说:"小岚现在生活得很好吧?唉,当年我也是没办法才把她抛弃在江边。后来我一直很后悔,天天都跑到江边,坐在那张石凳上发呆。心想,这石凳好凉,不会让她着凉了吧!这石凳连靠背都没有,她不会摔下地了吧!"

"石凳?"赵敏有点惊讶。

吴月英说:"是呀,那石凳还在呢!我每年都会在扔小岚那天到那里坐坐,回忆她可爱的模样。"

赵敏和马仲元互相看了一眼,没再作声。一会儿,他们告辞了。

她为什么要说谎

这吴月英有问题！她很可能并非是当年抛弃小岚的人。但是，她为什么要冒充呢？她又是怎样知道这件事的呢？要知道，她曾经把当年放在小岚襁褓里那封信的内容，一字不漏地背出来过的呀！

马仲元夫妇担心女儿卷进了一场阴谋中去，于是，马不停蹄，转乘国际航班来到了乌莎努尔。

"爸，妈！"小岚一见马仲元夫妇，马上激动地扑了上去，三个人抱作一团。

"哇！"突然，小岚放声大哭起来。

虽然她是一个坚强的女孩，但是毕竟还没到十六岁，况且，身处一个陌生的国度，在没有大人帮助的情况下，要面对许多复杂的问题，这也太难为她了。她一直坚强地撑着撑着，但见到慈爱的双亲，心里那股委屈和无助便一下爆发出来了。

"别哭，好孩子，别哭！"赵敏爱抚地拍着小岚的背，鼻子一酸，不禁也落下泪来。

"嘿嘿，这不像我的小岚呀！我的小岚一向是天不怕地不怕的女中豪杰呀！"马仲元说，"你看，把妈妈也惹哭了！"

小岚听了，马上止住了哭泣，反而去替赵敏擦眼泪："妈妈对不起，您别哭，别哭。"

赵敏见女儿满脸泪痕，也掏出纸巾为她擦眼泪，母女俩好感人啊！

"好啦，雨过天晴了！"马仲元笑了，他又对小岚说，"小岚，爸爸妈妈有话跟你讲，这里说话方便吗？"

小岚说："我们去书房吧。"

小岚拉着父母的手，来到书房。

"爸、妈，有什么事？"

赵敏看了马仲元一眼，马仲元点点头，于是，赵敏把去找吴月英的经过一一跟小岚说了。

小岚大吃一惊，她一边思考一边说："根据妈妈说的，我认为破绽有两个。一是她说早几年生意失败，家中已很穷，而且她丈夫开货车，也挣不了多少钱，但她哪有钱买那么大的房子；二是十六年前那张木椅，她偏说成是目前的石凳，这令人怀疑她是最近才接触那地方……"

爸爸妈妈一边听她分析一边点头。

小岚继续说："但是……她为什么除了石凳之外，其他事情知道得那么清楚？而且，她为什么要说谎？说谎对她有什么好处？她并没有向我要钱要好处啊！"

马仲元说："这里面可能牵涉到一个阴谋，有人为了不可告人的目的，把十六年前的秘密告诉她，又给她好处，让她说谎！"

赵敏说:"对,这就可以解释她有钱买新房子的事了。"

小岚苦恼地说:"如果她真是说谎,那就是说,她并不是我的母亲!那我的母亲究竟在哪里呢?天哪,那么多的谜团还没有解开,现在又多了一个。"

小岚把在中国香港时三次遇险,以及来到乌莎努尔后发现的怪事一一告诉了父母。

马仲元夫妇听得目瞪口呆,他们这才明白女儿所承受的压力原来那么大。夫妇两人不约而同伸出手,把小岚的手紧紧握住。

马仲元说:"好女儿,爸爸妈妈相信你一定能渡过难关的。"

赵敏接着说:"以我的观察,宾罗先生为人光明磊落,不像是个搞阴谋诡计的人。他和满刚大臣之间的交易,或许有什么苦衷,我觉得你要相信他。"

小岚说:"嗯,在中国香港的时候,他对我呵护备至,就像亲人一样,我也觉得他不会是个坏人。"

马仲元说:"如果有他帮助,我想事情就好办多了。"

小岚点点头说:"我明白。不过,现在有你们帮忙出主意,我也比以前有信心多了。"

马仲元和赵敏相互看看,欲言又止。小岚见状,问:"难道你们……"

马仲元满脸歉意："小岚，我们会搭傍晚七点的班机，飞往新疆楼兰。刚接到一个电话，那里新发现了一个古墓，考古学会委托我们去进行有关的鉴别工作。"

赵敏抚摸着女儿的头，说："好女儿，对不起！"

小岚低头不语，一会儿才抬起头，说："没关系！你们做的都是很有意义的事，我支持你们。"

说完，她一下蹦了起来，大声说："我们干吗愁眉苦脸的，想想看，你们做你们的考古学家，我做我的女王，我们各有各的精彩！只要你们能不时利用一下空当儿，像今天这样飞来看看我，给我点鼓励，我就很满足了。"

她又恢复了活泼的本性："爸、妈，我马上请膳房做一桌好菜，我们一家三口好好吃顿饭。"

第13章
是谁制造了坠机意外

这天是星期天，宾罗先生邀请小岚和晓晴、晓星去他府上玩。

外交大臣府是一座两层高的米白色小楼。小楼底层有一个一百多平方米的大客厅，客厅的摆设很中国化。桌椅全是酸枝木做的，图案是飞凤和游龙；一面墙上，挂了一幅中国书法，上书一个大大的狂草"龙"字，另一面墙挂了好些精美的黄杨木雕；一个饰物架上，放了些古玩。整个客厅给人一种闲雅的感觉，跟首相府那种金雕玉砌、富贵逼人截然不同。

晓星没想到会在这里看到汉字，不禁开心地大呼道："小岚姐姐，晓晴姐姐，龙字啊！龙字啊！"

晓晴正好奇地坐在那深褐色的酸枝椅上，感受它的光滑和清凉，听到晓星咋呼，不耐烦地说道："别吵，我又不是不识字！"

小岚饶有兴趣地研究墙上挂着的那个立体的、线条飘逸的"飞天"，见宾罗先生走近，她笑着说："伯伯，这些黄杨木雕好漂亮啊！"

宾罗先生笑着说:"我年轻时喜欢旅行,特别喜欢中国古朴的东西,就买回来了。"

晓星跑过来抓着宾罗先生的手:"伯伯,您这里让我感到好亲切啊!好像在中国香港一样!我想经常来玩。"

宾罗先生笑呵呵地说:"好啊好啊,反正我一个人住,怪冷清的。"

小岚这时才想起一直没听宾罗先生谈过他的家人,便问:"伯伯,那您的家人呢,没跟您一块儿住?"

"我太太很早便去世了。这里就我和儿子住,后来……"宾罗先生指着壁橱顶上一张照片,说,"那就是我儿子。他是无国界医生。"

照片上一名二十来岁的年轻人,正细心地替一个非洲孩子听诊。

晓星抢着说:"噢,无国界医生,您儿子好伟大哦!他什么时候会回来,我想跟他交朋友!"

宾罗先生突然神色黯然:"他不会回来了。两年前,当地发生了一场瘟疫,他因为照顾病人,结果自己也染上了病,去世了。"

"啊!"三个孩子异口同声地喊了起来。

晓星走过去,拉着宾罗先生的手,难过地唤着:"伯伯,伯伯……"

宾罗先生摸着晓星的头,说:"你们不用替我难过,儿子为抢救病人捐躯,用自己的死换回许多人的生,他死得英勇,死得值得。"

"伯伯!"

"伯伯!"

小岚和晓晴被伯伯的话感动得热泪盈眶,她们情不自禁地跑过来,一起搂住了宾罗先生。

小岚说:"伯伯,今后,我们就是您的孩子……"

宾罗先生的眼睛不禁湿润了,他不住地说:"好孩子,好孩子!"

这时,仆人端上茶点。宾罗先生忙招呼三个孩子坐下品尝他珍藏的"雨前龙井",还有一些美味的点心,大家相谈甚欢。

小岚这时已经坚信宾罗先生的为人了,她开门见山地问道:"伯伯,我想问您一件事,我来这里的第二天晚上,那个酒会中,您悄悄给了满刚大臣一笔钱,究竟是怎么回事?"

宾罗先生瞪大眼睛:"您怎么知道的?"

晓星说:"伯伯,是我亲眼看见的呢!所以,我们怕您是坏人,很多事情都不敢跟您讲。"

"哎哟,真对不起,既然你们知道了,就干脆跟你们讲

了吧。小岚公主回到乌莎努尔的当天晚上,我收到了一封警告信,信里说,会在公主登位那天制造恐怖事端。我怕公主有危险,便马上找到满刚大臣,答应给他一笔钱,让他无论如何在国会决议前找出一个能延迟公主登位的理由。我希望这能令公主暂时避过危险,也希望能争取时间,在公主登位之前找出搞阴谋的幕后人物,令公主无后顾之忧。知道这事的还有莱尔首相。之所以隐瞒这件事,是不想引来不必要的恐慌,更不想给公主增加压力……"

原来是这样!

小岚放了心,她刚要把在首相府发现那个疯子的事跟伯伯说,这时,仆人来报:"大臣先生,万卡先生来了!"

小岚一听,忙住了嘴。万卡到底是莱尔首相的养子,不能让他知道,以免打草惊蛇。

万卡进来了。看上去他脸色好像有点苍白,似乎休息得不大好。

"万卡,你来了!"晓晴跑了过去,笑得很甜。

小岚注意到,万卡后面跟着一个穿制服的中年男飞机驾驶员。

"万卡,他……"

万卡刚要说什么,宾罗先生忙替他解释说:"啊,我忘了跟你们讲,今天我请你们坐直升机参观乌莎努尔。"

"啊,太好了!"三个孩子喜出望外,又叫又跳地乐成一团。

他们都没有坐过直升机呢!

一辆七人房车把他们送往直升机停机坪。晓星和晓晴挤在舱口,争着第一个上飞机,两人哇哇大叫着:"我先上!我先上!"

小岚见两人挤在舱口谁也进不去,便说:"为表公允,你们俩先下来,等我发口令,再上去。"

"好!"晓晴姐弟二人退出舱门,站在离舱几米远的地方,准备冲刺。

小岚慢吞吞地走到舱门口,突然一转身,紧接着往上一跃,便跃上了飞机:"哈哈,还是我先上好了!"

晓晴和晓星二人这才知道上了小岚的当,于是哇哇叫着冲上了飞机,又齐心合力地"修理"起小岚来了。

小岚被这两姐弟咯吱得都快笑疯了。

宾罗先生见了,"呵呵呵"地笑得很开心。

一向严肃的万卡也忍俊不禁。

驾驶员发动了飞机,飞机慢慢离地升空了,三个孩子兴奋地朝下张望。

晓星看着脚下变得像积木一样小的房子、汽车,突然担心起来:"这飞机不会坠机吧?"

晓晴一听立即给了晓星一拳:"乌鸦嘴,又来了!"

宾罗先生笑着说:"这种直升机是目前世界上最先进最安全的,加上我们王宫的驾驶员技术是最好的,你放心好了!"

晓星这才放下心来,又好奇地朝下望去。

乌莎努尔真是一个美丽的国家,草木葱茏、蓝天碧海。宾罗先生指着下面说:"见到了吗?下面那座有着王室标志的建筑物,就是王宫……还有,那些有着蓝色房顶的,就是大大小小的行宫……"

"原来蓝色屋顶的就是行宫!"晓星趴在窗口,好奇地数了起来,"一、二、三、四、五、六、七……十,哇,足有十座那么多呢!"

"唔!"小岚看着那一座座行宫若有所思。

晓星问道:"小岚姐姐,你在想什么呀?"

小岚说:"我在想,将来,我要把一些行宫改作儿童活动中心,青少年活动中心,老人活动中心……"

晓晴说:"太好了,到那时候,我替你当青少年活动中心的总经理,让它成为世界上最棒的活动中心!里面要有世界最大的剧院,最新科技的电影院,最……"

晓星抢着说:"小岚姐姐,我也要当儿童活动中心的经理!这个中心要有最新型的游戏机,最好玩的玩具城,最多

藏书的图书馆……"

"哎,宾罗伯伯来当老人活动中心的经理吧!""那万卡当什么?当野战俱乐部经理……"三个孩子叽叽喳喳地抢着说话,宾罗先生和万卡在一旁看着他们笑。

飞机飞到了大海上面,只见一座座海上钻井,就像一个个小小的海上堡垒;飞机飞到了森林上空,万顷绿树,就像地上铺了一条巨型的绿色地毯……

小岚看得开心,便跟万卡说:"能再飞高点吗?"

万卡答道:"可以!"

万卡用无线电跟驾驶员说,请他飞高点。驾驶员隔着玻璃朝他们做了个表示"OK"的手势,慢慢把飞机拉高了。

啊,好刺激啊!看,钻井台变得像棋子一般小了,孩子们正在兴奋,突然,飞机像失去了控制一样,猛烈地摇晃起来。

"啊!"晓晴第一个惊叫起来。

晓星恐怖地大喊:"要坠机吗?"

只有小岚仍镇定,问道:"什么事?"

万卡和宾罗先生第一时间望向驾驶舱,原来……

驾驶员身子软软的,倒在座位上。

飞机无人驾驶,在空中打起转来,并迅速下落,宾罗先生脸色惨白,按这下坠速度,几分钟内便会机毁

人亡。

得赶快去驾驶舱控制住飞机!

万卡站起来,猛地一拳打向隔开驾驶舱和客舱的那块玻璃,但那玻璃竟纹丝不动。万卡想都没想又马上采取第二个方案,迅速打开了客舱门。一阵猛烈的风吹向众人,晓晴惊叫着:"万卡,你干什么?"

万卡没理会她,竟开始徒手爬出客舱外。

宾罗先生马上明白了万卡想干什么,内心不禁骇然,但并没有阻止他——事到而今,除此之外,别无他法了。他只是说了一声:"小心!"

"不,万卡,不要!"小岚尖叫起来。她睁大眼睛紧张地看着万卡,飞机处在高空,徒手从客舱爬到前舱,那是多么危险!

可是万卡没有理会,继续他的危险动作……

小岚死死地盯着万卡的每一个动作,一颗心"咚咚咚咚"地简直要从胸腔里跳出来。此时此刻,她已忘了自身面临的危险,只担心万卡的安全。

晓晴和晓星早吓得闭起眼睛,只会死死抓住扶手。

强烈的风把万卡的衣服吹得鼓了起来,稍有不慎,他便会掉下去。万卡费劲地用一只手抓着客舱的门,另一只手则努力去抓驾驶舱的门把。天啊!一下没抓住,

是谁制造了坠机意外

他差点掉了下去，幸好他马上稳住了身体。时间不容他多想，他又一把抓过去，终于抓到了。他接着猛力一拉，驾驶舱门被拉开了，但那力量又令他原先抓住客舱门的右手松脱，他整个人悬空，只是左手抓住了驾驶舱门。

万卡吊在半空中，命悬一线，幸好他身手矫健，仅用一只左手引体向上，终于一跃跃进了驾驶舱。这时，飞机离地面只有不到一百米，万卡迅速操纵飞机，飞机恢复正常飞行，最后慢慢降落地面。

飞机一着陆，万卡舒了口气，就迅速察看身边的驾驶员，发现他还有呼吸，于是掏出电话报了警，然后跳下飞机。

他发现一个人站在地面愣愣地看着他，那是小岚。

小岚猛地向万卡扑了过去，竟"哇"一声狂哭起来。她把之前的恐惧、惊栗、担心，全在泪水中发泄出来。

万卡看着哭得身子发抖的小岚，忍不住抬起手，想摸摸小岚的头。但这时，却听到晓晴一声叫喊，他慌忙垂下了手。

晓晴和晓星在安全降落后，还发了一会儿呆，一清醒便哇哇大叫起来了："我们没事了吗？""我们安全了，噢，

太好了!"

小岚听到他们的声音,不想在她的朋友面前流眼泪,赶紧背过身去擦干眼泪。

晓晴跳下飞机,大声问道:"小岚,我们没事了?是怎么回事?驾驶员醒了?"

宾罗先生跟在他们后面下了飞机,他激动地说:"是万卡救了我们!"

"噢,万卡,英雄啊!"晓晴尖叫着扑向万卡,想来个熊抱。

但晓星却抢先一步,搂住了万卡的腰:"万卡哥哥,谢谢你啊!"

晓晴只好作罢,只是拉着万卡一只胳膊,使劲地摇晃着。

第14章
万卡陷入昏迷

救护车很快来了，迅速把仍昏迷的驾驶员哈克送往医院。宾罗先生马上率领众人回到外交大臣府。

医院很快就给宾罗先生电话了。哈克是误吃了一种叫"杀必死"的除虫药，幸好药量轻微，经抢救已无生命危险。

午饭时，面对一桌丰盛的饭菜，大家一点胃口也没有，就连最馋嘴的晓星，也只吃了几口菜，就放下了筷子。

差一点儿，他们就回不来了，想想都令人心有余悸。还有驾驶员哈克离奇中毒，也使人难以接受。

晓晴说："会不会哈克自己得罪了什么人，有人想置他于死地？"

宾罗先生说："可能性不大。我们对皇家驾驶员的要求十分严格，一要行为良好，二是限制他们同外界接触，他们平日都住在宫里，不能外出，要跟家人见面，也只是家人前来王宫探望。加上哈克这人服务皇家已近二十年，一向纪录良好，而且为人和善，从不得罪人。"

宾罗先生问小岚:"公主,您最擅长写侦探推理小说,您判断一下,究竟发生了什么事?"

小岚很肯定地说:"我想,哈克中毒,目标在我们。"

宾罗先生点点头。

晓星大叫起来:"是谁这么黑心肠呀,我们又没得罪他们!"

晓晴生气地说:"太过分了,要让我知道是谁,哼!"

小岚说:"要查出凶手,首先要搞清楚,有哪些人知道哈克今天给我们驾驶飞机的事。"

宾罗先生说:"我除了让万卡去安排飞机之外,谁也没告诉。公主及晓晴、晓星三位,更是来这里后才知道坐直升机的事。"

万卡一直没说话,听到这里,才说:"今天直升机中队队长放大假,我是直接通知哈克今天出机的。但是,我并没有对他说替谁开飞机,他也是到了您这里时,才知道的。"

晓星说:"那就是说,事先知道我们今天乘飞机的,只有伯伯和万卡大哥哥,那不对呀!不管怎样,你们也不会自己害自己!"

小岚问:"万卡,你仔细想想,除了你和宾罗伯伯之外,还有谁知道这事。"

万卡沉默不语,好一会儿才犹犹豫豫地说:"我想

还有一个人知道,但是……他绝不可能做出这么伤天害理的事。"

晓星追问:"万卡哥哥,是谁呀,你快说嘛!"

万卡说:"是我养父,莱尔首相。妈妈和哥哥、妹妹去旅行了,妈妈临行前让我多照看爸爸。昨晚很晚了,我还没见他回家,所以我打了个电话给他,还顺便提到了今天坐直升机的事。爸爸马上很紧张,说一定要保障公主安全,还问我让谁驾驶飞机。我就说了是哈克。"

"哦,原来是他!"晓星大声说。

宾罗先生奇怪地望着晓星:"晓星,你怎么啦?万卡说得对,莱尔首相为人光明磊落,我想这事不会是他做的。"

"他也算光……哎哟!小岚姐姐你为什么踩我一脚!"晓星怪叫起来。

小岚打了晓星一下,说:"小朋友,别在这儿胡说八道!"

晓星委屈地说:"什么小朋友呀,你比我大不了多少!"

小岚说:"我们其实还有一条线可以跟进的,那就是哈克,我们或许可以从哈克那里得到答案呢!"

宾罗先生说:"对,我想明天就去找哈克,了解情况。"

小岚说:"噢,天晚了,我们要走了。伯伯,您累了一天,也该休息了。"

宾罗先生点点头:"好的,大家都早点休息吧。"

小岚回头看万卡,正要说什么,突然见万卡脸色不对:"啊,万卡,你不舒服!"

"没……没什么。"万卡笑了笑,但连最粗心的人都看得出来,那笑容十分勉强。他又说,"对不起,我先走了。"

万卡站了起来,刚走了几步,但身体随即摇晃了一下,整个人倒了下去。

"万卡!"

"万卡哥哥!"

大家惊叫着围了过去,只见万卡双眼紧闭,已陷入昏迷。

"快叫救护车!"宾罗先生向呆站一边的仆人喊道。

"万卡!万卡!"小岚抱着万卡的头,伤心地叫着。

晓星慌了神,他带着哭腔说:"万卡哥哥该不是也中毒了吧!"

晓晴惊骇地看着万卡,连哭都忘记了。

救护车很快来了,所有人都挤上了车子,大家都十分关心万卡的安危,希望一直陪着他。

车子把万卡送进了皇家医院。

几名看护把万卡送进了诊室,大家焦急地在门口等着。

半个小时后,医生才出来。大家一下子涌了上去。

医生除下口罩,皱着眉头说:"病人应该发高烧一段时间了,身体非常虚弱……"

啊!大家都呆住了。万卡发高烧?万卡竟然带病,做出了那惊人之举,救了一飞机的人。这是一个怎样意志坚强的人啊!

小岚禁不住热泪盈眶,晓晴竟呜呜地哭了起来。

晓星惊慌地问:"那他……他会死吗?"

医生说:"放心好了,这小伙子生命力强着呢!但他现在身体异常虚弱,要留院一段时间。"

"谢谢医生!"大家这才松了一口气。

"病人需要静养,请各位暂时不要打扰他。失陪了!"医生有礼貌地说。

离开医院时,小岚对宾罗先生说:"伯伯,明天我们再来,先看望万卡,再找哈克了解情况。"

宾罗先生点点头:"好的,我明天早上去接您。"

第15章
被困地下室

小岚他们回到王宫，已是晚上十点多钟了，四周一片静寂。

三人各自回了卧室。小岚洗了个澡，就躺到了床上。虽然很累了，但她的脑子却不肯休息，一天里发生的事像放电影一样在脑子里掠过。

想着想着，她猛地坐了起来。她悄悄换好衣服，避过守夜的仆人，悄悄走去敲晓星的门。如意料之中，晓星还没睡呢！他正在写电子邮件。

小岚问："写给谁呀？女朋友？"

"不是呀！姐姐笑人家！"晓星匆忙地把电子邮件发了，又关了机。

两人又悄悄地找了晓晴，然后一起去了书房。

三人就当天发生的事热烈地讨论起来。

晓星抢先说："我认为今天的坠机事件，一定是莱尔首相策划的。"

晓晴转了转眼珠说："但是万卡也在飞机上呀，他也要害他的养子吗？"

小岚赞同晓星的意见:"不管怎样,现在是莱尔首相嫌疑最大!"

晓星说:"是呀是呀,他家里还藏着个疯子呢!"

"我总觉得能从疯子那里找到线索。"小岚说,"我打算今晚再去一趟首相府,想办法进入地下室……"

晓星首先举手说:"我也去,我也去!"

晓晴犹豫着:"那疯子……很可怕吗?"

晓星抢着说:"可怕极了!头发是白色的,一直长到脚跟;指甲又长又尖,像一根根箭……"

小岚打断他的话:"喂喂喂,大话王,哪有这么长!"

晓晴害怕地眨着眼:"那……我……我……"

晓星说:"害怕啦,那你别去了,省得还要我和小岚姐姐照顾你!"

晓晴瞪着晓星:"谁害怕了?!去就去!"

小岚看了看表,说:"现在是晚上十二点,我想莱尔首相家的人一定已经睡了,我们现在就出发。"

小岚说着,打开一个抽屉,从里面拿出一把铁钳子,一个手电筒。晓星看得高兴,说:"小岚姐姐,我们好像是去做贼一样。"

小岚白了他一眼:"去你的,什么做贼,我们是除魔降妖的正义超人!"

"是嘛!做贼,说得那么难听!"晓晴还记着刚才弟弟吓唬之仇,用指头去戳他的额头。

三个人悄悄走去车房,但发现车房门口多了个卫士。小岚不想惊动别人,想了想,说:"我们骑自行车去!"

小岚带着晓晴、晓星绕到车房后面,果然见到那里有个自行车房,摆放了很多不同型号的自行车。

"噢!小岚姐姐真有做贼的潜质,连这里有自行车都知道!"晓星高兴地跑了过去,挑了一辆黑色的。

爱美的晓晴骑了一辆红色的,小岚就找了一辆黄色的骑了,三个人骗过守着王宫大门的卫士,很快出了大街,飞似的直奔首相府。

他们在首相府附近一个隐蔽处下了车,把自行车藏好,然后由小岚带头,沿着首相府围墙找到了那棵挂着风筝线的大树。

三个人顺利地爬进了首相府。四周静悄悄的,想是人们都进入梦乡了。小岚打着手电筒,很快找到了那幢小楼,他们又绕到后面,找到了那个上了锁的铁盖子。

小岚拿出带来的铁钳子。那铁钳子设计得十分巧妙,所以凭着小岚那小小的力气,竟然也轻易地把那铁锁钳断了。一旁看着的晓星和晓晴忍不住轻声地欢呼起来。

他们小心地揭起盖子,一个接一个下了地下室,晓晴有

点战战兢兢的,生怕那疯子一下子跑出来。其实小岚和晓星也在提心吊胆呢,他们也害怕那疯子!

地下室里黑灯瞎火的,全不像上次那样灯火通明。

小岚用手电筒照了照,地下室里和之前没什么两样,那客厅里还是之前那些简单陈设,唯一不同的,是原先关着的房间门,现在全都敞开着。

地下室里出乎意料的安静,也许那疯子睡下了吧!

晓晴见并没有危险,才放了点心,松开了抓着小岚的手。

小岚嘀咕了一句:"直觉告诉我这里没有人。"

晓星说:"不对呀,上次那疯子呢,总不能搬家了吧?"话未说完,听到墙角那边"嘭"一声巨响,晓晴和晓星同时"噢"了一声,又一起抓住了小岚的胳膊。

"谁?"小岚的心"咚咚咚"地跳得很厉害,她强作镇定,大声喊道。

一团黑糊糊的东西,上面有两盏绿莹莹的小灯,直朝他们扑过来。

"啊!"晓晴吓得惊叫起来。

那团东西越过他们,跑上二十级台阶,窜出了地下室出口,留下了一声怪叫——喵呜!

"死猫!"晓星松了一口气,又说,"幸好我不怕。"

小岚用手电筒照了照自己的胳膊,哼了一声:"不怕?哼,谁到现在还抓着我的胳膊……"

晓晴和晓星急忙松了手。

小岚找到了电灯开关,地下室里马上变得光亮了。

客厅里没有人,房间里没有人,浴室厨房也没有人,那疯子真的不见了。

小岚说:"依我看,一定是莱尔首相把她带走了!莱尔首相发现有人来过,趁未败露之前把她转移了。"

晓晴表示赞同:"对,有可能!"

晓星没有作声,他拿过小岚手上的手电筒,贪玩地东照照西照照。

小岚说:"我们分头行动,看看有什么可以提供线索的东西。"小岚走进那疯子的房间,陈设和客厅一样简单,只有一张床,一个衣柜,一张梳妆台。小岚拉开衣柜门,里面挂着五六件款式很旧但做工精致的衣服,翻翻每件衣服的口袋,一点发现都没有。

她又走到梳妆台前面,台面上有些化妆品,但都已经发硬,应该早已过期了。拉开梳妆台的抽屉,里面尽是些乱七八糟的杂物。她翻了一会儿,没发现什么线索,只好放弃了。

小岚走出房间,看见晓晴和晓星也出来了,他们也是一

无所获呢!

晓晴嘟嘟囔囔地说:"这鬼屋子,有用的东西没有,垃圾倒可以扫出几大车……"

小岚看看手表,已是半夜三点多了,得回去了,明天一早还要跟宾罗伯伯去看万卡呢!

她对晓晴和晓星说:"我们走吧!希望在明天。明天我们把一切都告诉宾罗伯伯,请他帮忙查找真相。"

晓星用力地点了点头:"嗯,希望在明天!"

晓晴半眯着眼睛说:"那就赶快走吧,我困死了!"

三人拾级而上,咦,怎么盖子给盖上了?小岚有点奇怪地说:"咦,我刚才是最后一个下来的,我明明没放下盖子。"

晓星说:"可能是刚才那只怪猫跑出去时,把盖子碰掉了吧!"

"也有可能。"小岚一边说,一边伸手去推铁盖子。

她马上大吃一惊——盖子纹丝不动!再使劲,还是一样。她转过身来看着晓晴和晓星。

"怎么啦?"晓晴害怕地问。

小岚慢吞吞地答道:"盖子……被人反锁了。"

晓星马上嚷嚷起来:"什么,被反锁了?半夜三更的,有谁会知道我们在这里，难道是……是那只猫干的？"

"你没脑子的啊！猫会做这种事吗？"晓晴气急败坏地说，"这回糟糕啦，我们被困在这地下室里了！"

"啊，有了！我们可以打电话叫人来救我们呀！"小岚突然大喊起来，她又赶紧摸摸衣袋，"噢，我出门时忘带手机了！"

晓晴听了，马上摸摸身上，说："糟啦，我也没带手机呢！洗澡时把手机搁桌上了。"

"我有我有！"晓星急忙从裤袋里掏出手机。

小岚和晓晴开心极了，晓晴催着说："晓星，快打给宾罗伯伯，快！"

但晓星却看着手机发呆。

小岚凑上去一看，马上泄了气，手机没电！

"你呀你呀！"晓晴抬了抬手，想敲敲晓星脑袋，但想想自己连手机都没带，顿时丧气地垂下了手。

小岚说："看来，下一步我们得找找地下室里有没有吃的喝的了。我们得在有人发现之前，保住自己不饿死和渴死！"

"啊，不！不！"晓晴恐惧地叫着。

三个孩子垂头丧气地走下台阶，回到客厅里。

晓晴抱着希望问小岚："你觉得会有人知道我们在这

里吗?"

"肯定有!"小岚想也没想就答道。

晓晴高兴得眼睛放光,晓星也急忙凑了过来,两人异口同声问道:"是谁?是谁?"

小岚说:"把盖子锁上的人。"

晓晴嘟着嘴说:"人家都烦死了,你还开玩笑!"

小岚打着哈哈:"据资料显示,在灾难中被困的人,许多是死于精神崩溃。我是为你们好啊!"

晓星把胸膛一挺,说:"我不会精神崩溃的。死就死呗,顶多两千年后,我们从这地下室被挖掘出来,再重见天日……"

"啊!"晓晴惊叫起来,"死晓星,乌鸦嘴!"

小岚哈哈大笑起来:"人家说,厄运这家伙从来欺软怕硬,你越是怕他,他就越来找你,你不怕他,他反而就躲起来了。"

晓星说:"好啊!那我们一齐喊'我们不怕你!'一、二、三!"

"我们不怕你!我们不怕你!我们不怕你!"三个人扯开嗓子,拼命叫喊。

"哈哈哈哈……"他们喊了一会儿,又哈哈大笑起来。晓晴笑得捂着肚子,她已经忘了害怕这回事了。

小岚说:"事情并不是那么坏的,我们四处看看,或者哪里有个洞口什么的,可以让我们逃出去呢!"

晓星说:"是呀是呀,电影里常出现这种情况——在最绝望的时候,忽然发现了出口。"

晓晴说:"好,我们分头找!"

晓星沿着墙边,走几步就用脚向墙上踢几脚,希望能一脚踢出个窟窿,一边踢还一边说:"洞口,快出来!洞口,快出来!"

晓晴不满地说:"吵什么吵!烦死了!"

话音未落,只听晓星"啊"了一声。小岚和晓晴忙看过去,只见晓星呆呆地看着那堵墙,那上面被晓星踢得掉了一块水泥板下来,露出了一个洞。

"哈,果然有个洞!"小岚和晓晴都十分惊喜。

晓星忙把手伸进洞里,可是他马上扁起了嘴。

"怎么啦?"晓晴急忙问。

晓星不开心地说:"这洞不通的。"

小岚蹲下,把手伸进去,却一下就摸到墙了,原来那洞很小,根本不是期待中能通到地面的隧洞。

小岚不甘心,她把手往下一捞,竟捞到一包用布包着的东西,还挺沉的呢!她赶紧拿出来,打开一看,咦,是一本

比砖头还厚的记事本!

晓星手快打开记事本:"啊,是个日记本呢!你们看,还有名字——《卢雅日记》。"

晓晴把脑袋凑过去看:"这卢雅是谁?"

小岚说:"肯定是那疯子的名字。如果她跟莱尔首相真有密切关系的话,那这日记说不定可以为我们解开很多疑团呢!"

晓星开心地说:"哇,太好了,那些疑问真快要把我憋死了!"

打开第一页,只见最上面写着"1953年10月2日晴",晓晴伸了伸舌头说:"哇,我爸爸都还没出生呢!"

小岚说:"我们还是翻后面1957年那些日记来看,王子被调换的事件是在那一年发生的!"

"对对对!就看1957年的。"晓星翻呀翻的,很快翻到了1957年那部分。

第16章
疯子的日记

三个脑袋凑在一块儿,大家全神贯注地看起那本日记来。

说是日记,却记得断断续续的,有时每天都记,有时一个多月才记一次。但无论如何,这本日记绝对帮了小岚她们的大忙,因为它揭开了一段历史悬案。

下面是部分日记。

3月××日 阴

今天,罗诺叫我去书房,他说会告诉我一个报仇雪耻、改变家族命运的重大决定。我实在有点错愕:嫁入首相府几年了,从不知这个家族还有耻要雪,有仇要报。

罗诺让我坐在一张舒服的沙发上,自从我怀孕之后,他对我就更加细心了,他的确是个好丈夫。

罗诺问我知不知道乌莎努尔开国时"一箭定江山"的故事,我点点头。但罗诺随即激愤地说,那故事并不全是事实。在霍雷尔家族和梅登家族头人决胜负时,很可能是霍雷尔族人使了阴谋,让梅登家族头人的箭射偏了。因为事实上射击技术应是梅登家族头人略胜一筹的。但当时霍雷尔家族势力强大,梅登家族只好忍气吞声,只是暗暗把此事写入家训,这个"梅登遗训"代代相传,让子孙后代找机会推翻霍雷尔王朝,报"一箭之仇"。

罗诺激动地说,多少代了,梅登族人一直没有机会完成祖先遗愿,但现在,要在他手中实现了。

他的话令我太震惊了。

罗诺继续兴奋地说着,王后腹中的胎儿跟我所怀的孩子预产期只差一天,他已安排好到时来个调包计,把自己儿子跟王后儿子调换了,那就神不知鬼不觉,梅登家族就夺了霍雷尔家族的权。

我惊骇极了,本来冤家宜解不宜结,都那么多年了,怎么还不能放下心中仇怨呢!而且霍雷尔十几代都是明君,把国家管治得繁荣富强,即使是他们祖先使手段取得王位,也已功过相抵了。更要命的,罗诺分明是要我和亲生儿子分开,让他去做别人的儿子,叫别人爸爸妈妈,这让我情何以堪!

但是,我知道丈夫的性格,他向来说一不二,说出的就不会收回,我一个柔弱的女子又能怎样,只好认命了。

3月××日 阴

今天,丈夫回家时大发雷霆,原来,早前王后在法国定居的父亲病危,王后回去看望,谁知因为太劳累,腹中胎儿怀胎八月就早产了。这样一来,就不能用我们的儿子去调换了,因为我们的儿子要两个月后才出生呢!

看着丈夫恼怒的样子,我却暗暗松了一口气,我不用忍受骨肉分离的痛苦,丈夫也没办法去作孽了!

没想到他恼怒之下,竟然做出一个损人不利己的决定:即使梅登家族无法夺权,这王位也不能让霍雷尔家族的人得到!他要找一个不相干的孩子,去换掉小王子。

3月××日 晴

我竟然要充当丈夫的帮凶,去做一件伤天害理的事。他要我物色一名年轻女子,在王后回国途中做手脚,用一名婴儿去换走小王子。

我找来了阿乔。阿乔自小父母双亡,是我父母收留了她,让她做我的贴身侍女,跟了我十几年,是我最信任的人。

我把要做的事跟她说了,她沉默了很久,才勉强点了点头。她虽然没说话,但我明白她心里想什么,她一定很难

过,因为她为人善良,从来没做过伤害人的事情,她只是碍于对我的忠诚,才勉为其难答应的。

其实,我何尝想这样做,只是我知道丈夫的为人,如果我不答应,他也会找别人做这件事,那时后果会更不堪设想,因为他目的是要杀人灭口的。要小王子刚出娘胎就死于非命,我于心何忍。

我给了阿乔一笔钱,这钱可以让她和小王子日后衣食无忧。

4月××日 阴

今天,王后回来了,她显得很憔悴,别人只当她旅途劳顿,只有我明白她心中的苦楚,她的亲骨肉被人调了包,抱回来的不知是谁,但又不敢声张。阿乔给过我电话,她已顺利地在船上把小王子换走了,不过她没有按罗诺的吩咐,把小王子带到一个指定地方,交给一名杀手,而是带着小王子逃到中国,以假身份安顿了下来。

我松了口气。自己总算还做了点好事,救了那可怜的孩子一命。虽然他不再是尊贵的王子,但仍能在阿乔这位"母亲"的照料下,以另一个身份生活着。

6月××日

今天是莱尔满月的日子,看着他白白胖胖的可爱模样,我很开心。

几个月来,那种负罪感,一直在折磨着我,我几乎每晚做噩梦,觉得自己已经不能自拔。只有莱尔,才让我阴沉的心境里有了一线阳光。

每当见到王后在人前强颜欢笑,看到她对着"王子"时的那种失落和无奈,我就心如刀割。我也是个母亲,明白那种失掉至亲骨肉的痛楚……每当这时候,我就更加觉得自己罪孽深重。天哪,我真要疯了!

可怕的是,罗诺仍在觊觎王位,他常对襁褓中的莱尔说:"儿啊,你可要记住,乌莎努尔是我们梅登家族的,如果爸爸这一代不能完成祖先遗愿,你也要继续努力!你做不成国王,你的儿子也要做国王……"

想到小莱尔长大后也要卷入杀戮,我就感到不寒而栗。

不,不!我的孩子应该是一个顶天立地的人,我不能让他的双手沾上鲜血……

日记记到这里突然中断了,再看看后面,全是白页,应该是卢雅从此没再记日记了。

"啊,总算知道王子被掉包的真相了!"晓星眨巴着眼睛若有所思,"难道当年霍雷尔家族真是用了不正当手段,取得王位?"

晓晴撇撇嘴:"不是因为小岚是朋友我才这样说,梅登家族根本没有证据可以证明霍雷尔家族头人作弊。也有可能是梅登家族输了不服气,就怀疑这怀疑那的!"

晓星说:"姐姐,你这回怎么变得这样聪明呢!"

晓晴打了晓星一下:"去你的!我从来都这样聪明!"

小岚一直在呆想什么,这时自言自语地说:"如果五十年前的王子掉包案是罗诺一手造成的,那后来发生的一连串事件,阿乔和真王子的非正常死亡,伍拉特国王灭门惨案,我在中国香港多次被暗算,还有刚发生的驾驶员中毒事件,也是罗诺做的吗?"

晓星想也没想就说:"肯定不是!"

晓晴瞪了他一眼:"说得那么肯定,有证据吗?"

晓星说:"当然有!上次在首相家,妮娃无意中跟我说,她爷爷在利安哥哥一岁时就去世了。"

小岚点点头:"利安今年十七岁,即罗诺在十六年前就去世了。那就是说,这十六年间发生的事,幕后操纵者是另有其人。"

晓晴的眼珠子滴溜溜地转着:"那会是谁呢?"

三个孩子你看看我,我看看你,突然异口同声地喊起来:"莱尔首相!"

一定是莱尔首相!是他忠实执行祖宗遗训,继续为梅登家族能掌权而扫除一切障碍。

一定要尽快通知宾罗伯伯!

可是,怎么出去!

"呵——"小岚打了个哈欠,看了看表:"噢,都快天亮了!我们先休息一下,养足精神再想办法。"说完,她把地下室里所有的灯都关上了。

大概哈欠是会传染的,晓晴和晓星也不约而同打起哈欠来了。不一会儿,地下室里就响起了三重奏——晓星是低音大提琴,小岚是中音圆号,晓晴是高音小号。

由于地下室分不出天亮天黑,所以他们一直睡呀睡,由半夜睡到天亮,睡到上午、下午……

第17章
公主失踪

三个孩子在地下室里呼呼大睡,一点不知道王宫里已乱作一团。

大清早,侍女们来侍候公主,发现公主不在卧室,再去晓晴、晓星的房中,那两个孩子也全无踪影。侍女们到处找,书房、游戏房、电影室、花园……反正公主有可能去的地方都找遍了,就是找不到。侍女们慌了,马上报告了玛亚。

玛亚一听也急了,她一面指挥侍女们继续寻找,一面紧急致电宾罗先生报告此事。

宾罗先生正在途中,他正准备来接小岚去看万卡呢!一听公主不见了,他大吃一惊,连忙让司机加快车速,赶往王宫。

听完玛亚的汇报,宾罗先生当机立断,动员所有男女侍从、卫士杂差,全部出动,搜索王宫每一个角落。

一会儿,玛亚带了两个卫士来见宾罗先生,说有公主的消息。宾罗先生一听喜上眉梢,忙说:"你快说,快说!"

那卫士说:"大臣先生,昨晚约十二点多,我正在门口值夜,看见公主和一个男孩一个女孩骑自行车出去了。"

宾罗先生大吃一惊:"什么,他们出了王宫!他们有说去哪里吗?"

卫士说:"没有啊!"

"半夜三更的,他们出去干什么呢!"宾罗先生着急了。

玛亚难过地说:"大臣先生,都是我不好,我没尽到责任!"

"现在不是追究责任的时候,得想办法找到公主下落。他们还是孩子啊!出了事怎么办呢!"宾罗先生对玛亚说,"你在这里等着,一有公主消息,就马上通知我。"

宾罗先生走了几步,又回头对玛亚说:"你吩咐手下人,不可将公主失踪的事传出去!"

宾罗先生急匆匆地走了,他要找莱尔首相商量。

在车上,宾罗先生打了个电话给万卡,他希望那三个孩子是探望万卡去了,但结果很失望,他们并不在那里。

看看手表,已经是上午十点多了。昨夜十二点出去,到

现在已是十个小时,他们能去哪里呢?

回到国会办公室,莱尔首相已经到了。

莱尔首相十分着急:"嘿,这些孩子,上哪儿去了呢?"

宾罗先生说:"真令人担心!身边一个侍卫都没有,我总觉得会出事!"

这时,有个人闯了进来。他气喘吁吁的,还淌了一脸的汗。是万卡!

"儿子,你不在医院休息,跑来这里干什么?!"莱尔首相一见便责备道。

万卡没回答养父的问话,只是着急地说:"公主找到了吗?"

宾罗先生说:"还没找到呢!你别着急,还是安心回去养病,我已经吩咐国家安全部的罗里马上来这里,让他负责部署寻找公主。"

"宾罗先生,让我来负责这件事吧。"万卡恳求说,"我是王宫侍卫长,公主失踪,我要负很大责任,所以,应由我来负责找寻公主的工作。"

莱尔首相大声说:"看你,脸色这么差,还不赶快给我回医院!"

"不!"万卡固执地说,"我睡了一晚,现在没事了。公主有危险,我怎可以置身事外?"

"唉,你这孩子!"莱尔首相摇着头,无可奈何地说,"宾罗兄,就让他负责这件事吧!"

宾罗先生盯着万卡的脸,说:"你来负责这件事我当然更放心,但是,你身体真的行吗?"

"行,您相信我!"万卡大声说。

宾罗先生点点头:"你办事,我放心,不过你得答应我,要注意休息。我会把国民卫队第一大队交给你,由你安排。"

"谢谢宾罗先生!"

万卡接管第一大队,把所有人分为十个小队,到公主有可能去的地方,游乐场、卡拉OK厅、图书馆……以及机场、码头、车站,这是谨防公主被坏人绑架出境。

时间在一个小时一个小时地流逝,万卡不断收到各个小队长报来的消息,但都是同一句话:"没发现公主踪迹!"

直到晚上六时许,所有派出去的队伍都作了汇报,但都是"没发现"。

至此,公主已经失踪十八个小时了!

万卡开始沉不住气,他接电话的手开始发抖;宾罗先生开始慌乱,他脸色惨白,好像要昏倒的样子;莱尔首相开始坐立不安,在屋子里踱来踱去……

十八个小时了,公主究竟去了哪里呢?如果她是遭到绑架的话,劫匪也该来电话谈条件了吧!

万卡见宾罗先生脸色不对,知道他有一受刺激就容易昏厥的毛病,便说:"宾罗先生,您回家休息一会儿吧!"

宾罗先生犹豫了一下,说:"那好,我回办公室去躺躺,一会儿就回来。"

万卡让两名侍卫把宾罗先生送回办公室。宾罗先生一边走一边回头吩咐:"一有公主消息,马上通知我!"

宾罗先生在沙发上躺了一会儿,觉得精神好了点,想起一整天都没有处理国务,便挣扎着爬了起来。

打开电脑,他发现有几封新邮件,便打开来看。

第一封邮件是晓星发来的。

伯伯:

我实在忍不住了,我要告诉您一件事,这事千万别告诉别人啊!

还是拉拉钩放心点,"拉钩,上吊,一百年,不许变!"

好奇怪啊,我们在莱尔首相家发现了一个地下室,里面住着一个疯子。她的头发好长好长,长得快要拖着地面了,

她指甲也很长很长,长得像一根根利箭……小岚姐姐说,从这疯子身上可能会发现许多秘密的真相,我们准备找时间再去地下室探险……

噢,小岚姐姐找我呢,不跟您说了。

晓星

宾罗先生脸色大变。

地下室?疯子?莱尔首相可从来没提过他家有个精神病患者。他为什么要隐瞒?为什么要把精神病人关在地下室?实在疑点重重!怪不得那几个孩子想去探个究竟。

宾罗先生看看邮件的发出时间是晚上十二点零一分,这时候小岚还不睡,还去找晓星干什么?

宾罗先生猛然站起,莫非他们去了首相府,再探地下室?

一定是!一定是这样!

假如莱尔首相这些不可告人的秘密牵涉到罪恶的话,那三个孩子肯定遇到危险了!

怎么办?!宾罗先生快速地思考了一下,得立即找个熟悉首相府情况的人去拯救公主。

万卡?对,只有他符合条件!

但是,他是莱尔首相的养子呀!宾罗先生又犹豫了。但情况紧急,不容他多想了。希望万卡能在亲情与忠诚面前有所选择。

宾罗先生马上拨了万卡的手机。

"喂!"是万卡的声音。

"万卡,接下来我跟你讲的事涉及莱尔首相,所以,你得不动声色。我知道他是你养父,对你有恩,但现在情况紧急,你得有所选择。"

万卡犹豫了一下,马上说:"喂,您大声点!您等等,这里接收不好,我换个地方跟您讲!"

一会儿,万卡又说话了:"宾罗先生,您刚才说什么呀?有什么事涉及我父亲?他是个好人,不会做什么见不得人的事的!"

"万卡,你听我说……"宾罗先生把晓星的邮件内容和自己的分析都跟万卡说了,"现在情况紧急,我需要你的帮助,希望你从国家利益着想,为公主着想……"

万卡回答说:"宾罗先生,虽然我还是不相信父亲会做出危害国家、危害公主的事,而且我从小住在首相府,也从来没发现有什么地下室和疯子。但我答应帮您!我想,这也是帮我父亲,帮他洗刷嫌疑。您需要我怎样做?"

"好,万卡,很高兴你能这样想。"宾罗先生高兴地说,"我现在马上回去,跟你谎称在城西发现公主线索,要

你马上去。你就马上回家，查出地下室所在，我设法让莱尔首相留在国会……"

"好的，刚好这几天妈妈和利安、妮娃去旅行了，这样我会方便做事。"

再说回地下室里三个孩子，他们一直睡到下午四点多才醒来。三个人发了一会儿怔，才想起昨天发生了什么事。

"我们已经失踪了十多个小时，我想，王宫里一定乱套了。"小岚说。

晓星说："那还用说，未来的国王失踪了，挺严重的事呀！"

晓晴有点发愁："你们说，他们会找到这里吗？"

"希望吧！"

小岚话没说完，突然听到一些古怪的声音："咕咕咕，咕咕咕……"

晓星问："什么声音？"

晓晴仔细一听，指着晓星说："是从你身上传出来的！"

"哪里？"晓星倾听着，"不是呀，是从你身上传出来的呀！咦，又好像是小岚姐姐发出的！"

小岚否认："没有啊！"

"肃静！"晓晴大声说。

寂静中，"咕咕咕"的声音越来越大，分明是从他们的

肚子里发出的声音。

是肚子提抗议了,他们早餐和午饭都没吃呢!

晓星拍了一下肚子:"哎呀,你争气点!"

晓晴有气无力地说:"小岚,我真的好饿呀!"

小岚无奈地说:"我又不会变魔法,变出牛奶和面包。我们继续睡觉好了,这样就不觉得饿了。乖啦!等我们被救出去后,我请你们吃大餐!"

晓星首先响应,他躺下来眯着眼:"小岚姐姐,我会乖的!"

晓晴嘟着嘴,也躺下了。

小岚睡不着,她有点发愁,要是一直没有人来救他们的话,那怎么办呢?想着想着,她迷迷糊糊睡着了。

不知睡了多久,突然,小岚听到一些声音,她微微睁了睁眼睛,见到地下室的入口走下来一个人。他急急地,几乎是一步几级地往下奔,嘴里焦急地喊着:"公主,小岚公主!"

声音好熟,是万卡!

万卡来了,有救了!小岚放了心,她想起身,但身子软软的,她干脆又合上了眼睛。

小岚感觉到被一双温暖的手扶起,耳边传来万卡惊慌的声音:"公主,您醒醒,您醒醒!"

万卡把小岚抱了起来,那男孩的体温传到小岚身上,她突然觉得心"扑通扑通"地跳起来。她没动,也没吱声,她觉得在万卡怀里有一种很安全的感觉,她很想这种感觉长久些,就一声不吭地,让万卡把她一直抱出了地下室。

万卡一边跑出地下室,一边大声喊道:"快!快把公主送医院!"

一听要送医院,小岚不再装了,她一下睁开了那双又圆又大的眼睛,淘气地看着万卡。

"公主,您醒了?太好了,您醒了太好了!"万卡一副欣喜若狂的样子。

小岚坐了起来,说:"我没事,晓星和晓晴呢?"

"我们在这哪!"晓星和晓晴被侍卫扶着从地下室出口走了上来。

"万卡哥哥!"晓星边喊边跑向万卡,"谢谢你救了我们!"

小岚说:"咦,你怎么知道我们在这里的?"

万卡说:"是晓星说的呀!"

晓星很奇怪:"我说的?我什么时候跟你说过?"

万卡说:"你在给宾罗先生的邮件里说的。"

"哦!我想起来了!我昨晚临走时给宾罗伯伯发了封邮件,怎么就忘了呢!"晓星高兴地嚷嚷着,又得意忘形地

说,"原来是我有先见之明!小岚姐姐,晓晴姐姐,你们该怎么谢我?"

晓晴睁圆眼睛:"谢你个头,怎么不早说,害得我提心吊胆的!"

小岚也说:"是呀,幸好我们意志坚定,要不已经吓死了!"

晓星撅着嘴:"好心不得好报!"

这时候,万卡带着几名医护人员走过来说:"公主,我送你们去医院检查一下!"

小岚说:"不用了,我们没事!只是要赶快准备一顿吃的,我们饿坏了。"

万卡刚要走,又转回身,吩咐随他来的一位小队长:"你们再把地下室仔细搜查一遍!"

小队长说:"是!"

在首相家的饭厅里,三个孩子狼吞虎咽狂吃了一顿。刚放下筷子,宾罗先生来了:"公主,您没事吧!可把我们吓坏了!"

小岚微笑着说:"没什么,谢谢您!"

晓星见了,忙跑了过去撒娇说:"伯伯,我们被关在地下室里十几个小时,好惨啊!"

晓晴也嘟着嘴说:"伯伯,您可得为我们做主!有人要

害我们呢！"

宾罗先生说："你们放心，会还你们一个公道的。对于居心叵测，想谋害公主的人，一定会受到国法严惩。"

宾罗先生见万卡站在一旁低头不语，知道他心里难受，便上前拍拍他的肩膀，小声说："万卡，我代表国家感谢你的忠诚行为。"

万卡难过地说："我真不明白，父亲为什么要做出这样的事！"

小岚说："其实我们已经掌握了一些线索，我们现在就去找莱尔首相，要他说出真相。"

第18章
真相大白

"啊，找到公主了！"见小岚一行人回来，莱尔首相一脸惊喜地迎了上来。

没有人搭话，连万卡都把脸扭到一边。

"哎，你们怎么啦？"莱尔首相露出一副莫名其妙的样子。

宾罗先生关上办公室的门，说："大家坐下吧！"

莱尔首相仍在问："公主，您上哪去了，我们都很担心您哪！"

小岚没吱声，只是很奇怪地看着莱尔首相，心想这人真会做戏，不当演员真是浪费了。

晓星忍不住了，大声说："你别再装了，是你把我们关在你家的地下室的，你想饿死我们！"

晓晴也说："是呀，你好狠毒啊！"

莱尔首相露出一副吃惊的样子："什么，你们被关在地下室？不会吧！"

"爸爸，我从小到大都很尊敬您、爱您，把您看成一个顶天立地的人。我不管您曾经做错什么，只要您说出真

相,我仍然会尊敬您的。"万卡很难受地说,"爸爸,那疯子是什么人?为什么要住在地下室?是谁把公主关在地下室的?"

小岚说:"莱尔首相,今天你无论如何都赖不掉了,告诉你,我们在地下室找到了你母亲写的日记,我们知道了"梅登遗训"的内容,知道了你们家多年来一直伺机推翻霍雷尔政权,你要是老老实实说出一切,我还可以考虑为你求情,但如果你不老实,那就只好把你交由法律部处理了。"

莱尔首相低头不语,好一会儿才抬起头,语气沉重地说:"既然你们什么都知道了,我就说出一切吧!"

"十六年前,父亲确诊患了肝癌,时日不多。于是他跟我说了两件事。第一件就是有关"梅登遗训"。我才知道当年"一箭定江山"的背后疑点,知道"王子掉包"事件,知道现任国王是假的,我听后十分震惊。父亲还要求我,继承他未完成的使命,一定要让梅登家族的子孙登上王位。"

"另一件就是父亲说我母亲尚在人世。我当时简直不相信自己的耳朵:一直以来,父亲都跟我说,我未懂事时母亲就病死了,怎么现在又说仍活着!父亲跟我解释说,因为母亲知道太多秘密,而她后来又得了精神病,每当病发,就乱说话。父亲担心她把梅登家族的事说出来,所以就骗了所有人,说母亲死了,实际上他把她藏在地下室里。父亲带我去了地下室，当我见到那人不人鬼不鬼的母亲时，我难过得简直心肺俱裂。我虽然对母亲没什么印象，但也从长辈那里知道，母亲不但长得美丽动人，而且极聪明，什么东西一学就会，是所有王公大臣的妻子里最受瞩目的一个。我实在不能原谅父亲，实在为父亲的行为感到不齿，但我又可以怎样呢？我不能把这秘密说出去，否则梅登家族就会大祸临头。父亲在半个月后便去世了。我接替了照顾母亲的任务。我很想令她脱离地下室那暗无天日的生活，但我不敢，怕她的突然出现会引起人们怀疑，令父亲英名尽丧。但是，我没有打算继续做父亲未做完的事，我不能因为当年一些没证据的怀疑而再互相残杀，让国家陷入混乱。乌莎努尔国泰民安，伍拉特国王功不可没，就让他继续为国民效力吧！所以，我宁愿做一回不肖子孙，而让这"梅登遗训"随着父亲的去世而告终。"

小岚听到这里，大声说："你说谎！这些事情既然只有你和你母亲知道，你母亲疯了，当然不会做坏事，而且我们看了她的日记，知道她一直都反对罗诺那样做。你说你没有做坏事，那后来出现的许多事情是谁干的？"

晓星也气愤地说："是呀！伍拉特国王灭门惨案是谁造成的？王子是谁害死的？"

晓晴接上晓星的话说:"还有,小岚在中国香港几次遇险,前不久的坠机事件,还有把我们关在地下室里,这些都是谁做的?"

万卡也说:"父亲,您还是把事情全都说清楚吧!"

莱尔长叹一声:"反正,我该说的都说了,信不信由你们。那些事情是谁干的,我真的不知道。"

小岚说:"那我问你,你母亲一定是你把她转移走的,她现在在哪里?"

莱尔首相说:"她其实就在地下室上面那幢小楼里。我发现地下室有人进去过,就把她暂时转移到小楼里了。"

晓星用怀疑的眼光看着莱尔首相:"我们在地下室待了一天一夜,怎么没听到一点声息?"

莱尔首相说:"如果不是受了特别刺激,她是很安静的。"

宾罗先生听到这里,说:"首相大人,对不起,虽然现在并没有证据证明您曾参与谋害公主,但您目前仍然是嫌疑最大的一个。希望您暂时不要回家,先留在这里。"

宾罗先生拿起电话,通知副侍卫长:"你派两名侍卫到国会……"

两名侍卫来了,其中一名手里提了一台超薄型手提电脑，他把电脑交给万卡，说："这是负责搜索地下室的小队长让我交给你的，刚才他们在一块松动的地砖下面发现了这个东西。"

晓星一见就咋呼起来："啊，我们在那里待了这么长时间，怎么就没见到这东西！"

小岚问莱尔首相："这是你的吧？"

莱尔首相摇摇头："不，不是我的。"

"你不承认也没关系，我们会想办法打开的。"小岚不信任地看了看他，"晓星，这任务交给你。"

晓星神气地说："遵命！"

"你们可以去我办公室，那里方便些。"宾罗先生说，"我要去处理一些事情，等会儿去找你们。"

一行人去了宾罗先生办公室。

晓星平日最爱捣鼓电脑，几下工夫就插上电源，启动了电脑。可是，电脑被锁上了，要用密码才能进入。

晓星想了很多办法，都没能打开，大家都有点泄气。

"看来，这电脑非得它主人才能打开了。"小岚思索着，说道，"既然莱尔首相否认这台电脑是他的，那我们就暂且假设这电脑属于另一个人。"

晓晴诧异地看着小岚："另一个人？你不是指莱尔首相

的母亲卢雅吧？！"

晓星嚷道："小岚姐姐，你说什么呀？精神病人怎可能会用电脑呢！"

万卡说："我赞成公主的假设。我有个主意，我们把这电脑悄悄放在小楼里，看看她反应如何。"

"好办法！"大家一致赞成。

于是，一行人又去了首相府。那小楼一层还是像之前那样，乱糟糟、脏兮兮的，不像有人住的样子。小岚小声说："我们上二楼！"

二楼明显地比上次来时干净了，小岚向其他人使了个眼色，又让晓星悄悄把电脑放在桌上，然后所有人都躲在屏风后面。

一会儿，有个人从房间出来了，正是卢雅！她身上披着一件黑色斗篷，慢吞吞地走着，走到书桌前时停了下来。她用手摸摸电脑，好像在想什么，接着就坐下来了。

大家紧张地看着。

呀，她真的打开电脑了！还在键盘上打字，看样子在输入密码。啊，进入了！这电脑原来真是卢雅的！

卢雅继续在使用电脑，只见她熟练地进入互联网，又输入密码，天哪！她竟然还会使用电子邮箱！只见她打开

邮箱,开始在上面打着字。她可能是老花眼吧,字号调得很大,所以大家可以清楚见到电脑屏上出现的字:

罗诺:

我又帮莱尔做了一件事了,我亲手把那三个孩子关在地下室里,那个想来抢梅登家族王位的小岚公主,再也出不来了……

"阿嚏!"突然,晓星鼻子一痒,打了个响亮的喷嚏。

卢雅受了惊,马上要关闭电脑。说时迟那时快,万卡冲了出去,一把按住她的手。其他人也跑出来了。

"啊!"卢雅发出尖厉的叫声,还拼命挣扎着。

万卡忙拉着卢雅说:"奶奶,奶奶,您冷静点,我是您的孙子,我们不会伤害您的。"

卢雅用她那双呆滞的眼睛盯着万卡,突然,她歇斯底里地叫了起来:"啊!对不起,对不起!不关莱尔的事,你怪我吧!你杀我吧!"

卢雅叫喊了一会儿,用手蒙着脸,蹒跚着走进房间,还"砰"一声关上了门。

晓星抓紧机会坐到桌前,检查收件箱及发件箱里的内容,大家越看越震惊,原来卢雅曾发出无数封对外联络的邮件,给侦探社的,给银行的,给航空公司的,还有好多发到个人邮箱的……她一直利用电子邮箱同外界联络!

晓星再打开草稿箱，里面竟储存了几十封未发出的邮件，全部是写给罗诺的。在邮件里面，她详细地报告了自己所干的每一件事。

所有谜团都在邮件中找到了答案——罗诺死后，所有事都是卢雅干的。

原来，卢雅的病时好时坏，那次罗诺把莱尔带到地下室，要求莱尔秉承"梅登遗训"时，她正处在半清醒状态，那一半的清醒，令她为自己儿子这一代又要介入杀戮而心痛不已；而那一半的疯狂，却驱使她决定自己背负罪名，替儿子去完成使命。但她一直想不到如何可以足不出户就能实现计划，直到有一天在电视上看到了手提电脑广告，又看到了有线电视广告。她偷偷走上地面，把一只价值十几万元的戒指交给一名剪草工人，让他给买一台手提电脑及办理上网。那人收了钱，也真去办了此事。于是，聪明绝顶的卢雅经过一段时间摆弄，居然就根据那剪草工人买来的一本学习电脑用书，学会了使用电脑，后来，甚至还知道了如何使用电子邮箱，如何网上理财。卢雅在银行存有巨额存款，那是她父母留给她的遗产，这点连罗诺都不知道。她利用这些钱，请国内最有名的侦探社，替她打听一切她想知道的事，然后又通过互联网重金聘请人手，专门给她执行任务。

1991年，她委派一名杀手趁台风时，用推土机撞倒源允

家房子，令源允和她养母，即阿乔被压死；

同年，她指令一名退休警官追踪源允妻子，把他们的儿子掳走；

不久前，她又命令一名混入内宫的侍从官，在普尔干王子的食物中放入一种迷幻药，令大王子出现幻觉，开枪杀害父母弟妹然后自杀，造成轰动全国的王室灭门惨案；

当宾罗先生在中国香港寻找到小岚公主后，她又命几名超级杀手，在中国香港三次制造人为事故，要置公主于死地；

她让人发警告信给宾罗大臣，阻止小岚登位；

数日前，她无意中听到了莱尔首相打电话，知道公主要乘直升机的事，她随即命人设法令直升机驾驶员中毒，制造坠机事件；

在小岚等三人进入地下室后，由于黑猫受惊窜出来，让她发现了，她亲自去把入口锁上，将三人困在地下室。

以上事实，全是在许多邮件中描述的事实真相。自此，所有谜团真相大白。一名本来善良的女子，因被迫背负一个家族的仇怨和欲望而变成精神病患者，又因为不愿儿子涉入罪恶而在疯狂中做尽坏事，想想真令人唏嘘。

晓晴说："我觉得其中有一个疑点，就是她提到掳走源

允王子的儿子。这事有点奇怪，源允的孩子明明是小岚，她是被源允妻子遗弃在江边的，怎会是个男孩，又怎会有被掳走这回事呢？"

小岚沉吟一会，说："有件事我一直没跟你们讲。不久前，我爸爸妈妈去了一趟西安，发现了问题……"

小岚把爸爸妈妈跟她说的对吴月英的怀疑，一一向大家说了。

"那事情又变得复杂起来了。"晓晴说，"如果像卢雅所说，源允的孩子是男孩，而吴月英又说了谎，小岚根本不是她的孩子，那只有一个解释——小岚并非公主……"

晓星惊叫起来："不会的不会的，小岚姐姐的DNA明明跟王族的DNA相符，这怎么解释呢？"

小岚沉默片刻，说："能知道乌莎努尔王室DNA资料的，只有宾罗伯伯，当日说我的DNA跟王族的DNA相符的，也是宾罗伯伯，我们回去找宾罗伯伯，我想他会给我们证实这个问题。"

第19章
莱尔首相的忏悔

回国会大厦时,一路上所有人都心情沉重。

宾罗先生已回到办公室,他刚想打电话给小岚问情况呢!见到他们回来,忙问怎么样。小岚打开手提电脑,刚要让宾罗先生看里面的资料,想了想又说:"现在基本上可以肯定莱尔首相没有参与犯罪,不如请他一块儿过来看,或许他可以提供一些线索呢!"

"谨遵公主意见。"宾罗先生马上到隔壁,把莱尔首相请了过来。

莱尔首相和宾罗先生看完邮箱里的邮件后,都不禁瞠目结舌,莱尔首相更是情绪激动:"我可怜的母亲,您为什么要这样做呀,您会令我内疚一辈子的!"

宾罗先生对邮件中提到掳走源允儿子一段,也感到十分惊讶,并且再次告诉大家,小岚的DNA化验结果的确与霍雷尔王族的DNA相符。

这时莱尔首相长叹一声,说:"这个谜由我来解开吧!"

"你?"宾罗先生看着他。

莱尔首相转头看着小岚，说："小岚小姐，我对不起你。"

大家听到莱尔首相改了称呼，意识到将会发生什么事，都愣住了。

莱尔首相继续说："在委托中国香港化验所化验源允王子的遗骸后，因为事关重大，我设法安排了一名特工进入化验所，监察验证整个过程。这点连宾罗先生也不知道。而很巧的是，后来晓星将沾有他和小岚小姐唾液的饮料瓶子交给了这名特工，让他帮忙化验。之前马仲元夫妇曾委托该所替小岚化验DNA，所以虽然晓星没说那是谁的DNA样本，那特工经核查还是知道了其中一种是小岚的DNA样本。那机灵的年轻人把这件事向我作了汇报。当时我刚好接到消息，那号称源允儿子的人的DNA测试与霍雷尔王族并不吻合，正不知如何是好。当收到特工报告时，我便情急生智，决定让小岚以公主身份来乌莎努尔，一是可以暂时稳定民心和各派政治势力，二来，我想给小岚一个能自由出入宫廷的机会，让她的侦探天分发挥到极致，从而早日查出伍拉特国王灭门惨案真相。所以我让那特工将小岚的化验结果换上了乌莎努尔王族的DNA数据，令宾罗先生把小岚当成源允女儿，带回国……"

"啊！"大家之前虽然都有了点心理准备，但仍为莱尔

首相所说的话感到震惊。

宾罗先生生气地说:"首相大人,您太过分了,怎么可以这样去对待一个小女孩!"

晓晴也喊了起来:"是呀,首相大人,您太过分了!"

晓星也不满地瞪着莱尔首相:"首相伯伯,这回您真是开了个国际大玩笑了!"

莱尔首相说:"我当时都乱了方寸,事后也一直后悔不已。唉,小岚小姐,对不起,真的对不起!"

没想到小岚倒笑了起来:"不要紧,不要紧!其实这事我也有点心理准备了。我倒要感谢莱尔首相,给了我一段难忘的经历。我近来正愁想不到好的写作题材呢,现在这段经历够我写一本精彩的小说了!"

晓晴讶异地看着小岚,怀疑地问:"小岚,你不是说真心话吧!你再也不是公主了,不是一个有着三千亿财产的国王了,你真的不在乎吗?"

小岚说:"我什么时候讲过假话?从一开始我就不喜欢当什么公主,什么国王,当个自由自在的小作家不更好吗?"

莱尔首相大喜:"小岚小姐,你真的不怪我?"

"算了,您也是为乌莎努尔考虑!"小岚又问,"我还有事问您,您是不是和吴月英串通好了,让她作假证的?"

莱尔首相羞愧地说:"是呀!当我知道马仲元夫妇替你验DNA,知道肯定事出有因,便火速派人去查,知道你是他们在西安领养的孩子,还知道了江边弃婴的事……刚好吴月英又住在西安,许多巧合,我就给了她一笔钱,让她说了假话……"

晓星气哼哼地说:"伯伯,那您就太不对了,自己说谎,还教人家说谎!"

一直沉默不语的万卡也说了一句:"父亲,您怎么可以这样呢!"

莱尔首相这时面红耳赤,真的无地自容了。

豁达的小岚早已想到别的事了,她说:"现在还有一个谜没解开:那被掳走的小王子究竟去哪儿了呢?如果能找到他,乌莎努尔就有希望了,我这个假公主也可以光荣引退了。"

莱尔首相说:"我派人找吴月英作假证时,她也曾讲了孩子小时候被人掳走一事,她说是坐火车从皇角去西安时,半夜里被人偷偷抱走的,事后警察把火车翻了个底朝天,都没找到,极可能是偷孩子的人在半途跳下火车了。"

莱尔首相说:"现在唯一的线索就是我母亲,我们去找找她,我想她可能会提供一点线索。"

一行人又匆匆去了小楼。

打开房门时,卢雅还瑟缩在角落里发抖,嘴里不住地叫着:"对不起!对不起!"

莱尔首相眼泪夺眶而出:"母亲,您别怕,孩儿来了,孩儿来了!"

卢雅好像认得莱尔,一把抓住了他的手,这时万卡也走了过去:"奶奶,我们有些事问您……"

"啊!潘森!"谁知卢雅一见万卡就喊得更凄厉了,"对不起,潘森,对不起,潘森……"

"潘森?"大家你看看我,我看看你,不知道潘森是谁,更不知道卢雅为什么会将万卡叫做潘森。

"我想起来了!"莱尔首相突然叫起来,"我曾经听爸爸说过潘森这个名字,那是第十八代国王梅里达,即源允王子父亲的昵称,我爸爸跟他从小玩到大,所以有时也这样叫他。"

宾罗先生说:"既然你爸爸这样叫他,那你妈妈也一定会这样叫他的了。现在她指着万卡叫潘森……"

晓晴插了一句:"莫非,她把万卡误认为潘森?"

晓星忽然腾地站了起来,他双眼发直地望着万卡,小岚拍了拍他:"喂,你看什么?"

晓星没回答小岚的话,他仍盯着万卡:"小岚姐姐,上次我跟你在皇家绣像馆时,不是说那第十八代国王如果没了

胡子就像一个人吗？我知道他像谁了……"

晓晴追问道："谁？像谁？"

晓星激动地用手指着万卡："像万卡哥哥！真的，像万卡哥哥！"

"啊！"所有人的目光"唰"一下，全落到了万卡身上。

接下来发生的事极富戏剧性，莫名其妙的万卡被硬拉着去做了DNA检验，几天后的结果令人大吃一惊，万卡身上流着真正的霍雷尔王族的血。万卡竟然就是当年被掳走的源允的儿子！

因为卢雅自那天起就一直没有清醒过，又因为提及的所有涉案人都无法找到，所以万卡是怎样被送到孤儿院的，那就只能永远是一个谜了。至于他又那么巧被莱尔首相从孤儿院中领养回家，有人说，这是上天冥冥之中的安排呢！

第20章
九千九百九十九朵玫瑰

这天，乌莎努尔公国发生了三件轰轰烈烈的大事。

第一件大事：真正的霍雷尔王族后人——万卡正式加冕登位，成为第十九代国王。

第二件大事：新国王隆重授予马小岚公主封号，奖励她为乌莎努尔作出的卓越贡献。

第三件大事：新国王万卡送上九千九百九十九朵红玫瑰，向小岚公主示爱。

当天晚上，万卡国王在御花园里约见小岚公主。

"小岚，你收到我的花了吗？"

"收到了！哼，你做的好事，那满屋子的花弄得我打了一下午喷嚏……"

"噢，对不起！我以后就少送一点。其实……其实我很早就喜欢你了，只是不敢跟你说。"

"现在怎么又敢说啦？"

"我害怕现在不说就再没有机会了。"

"我还没做好心理准备。我习惯了自由自在的生活。"

"那不要紧,我可以等!为了纪念今天这个伟大的日子,我想送你一样礼物。"

"哦,一只蓝宝石戒指?就像一弯蓝色的月亮,真漂亮!我戴戴看,只是戴戴看。唔,我不习惯戴戒指,戴上挺不舒服的,还是还给你吧!哎哟,怎么脱不掉?万卡,快帮帮忙!噢,好痛,好痛!"

"看来没办法脱下来了,连上天都要你当这个王妃。"

"什么?!"

"这只戒指名叫'蓝月亮',是我祖上传下来的一件无价之宝,交由每一代王妃继承。"

"哦,原来你早有预谋!哼!!"

"哎呀!好痛!你干吗踩我一脚?"

"好事成双,再来一脚……"

新国王吓得落荒而逃……

第二天一早,当侍女捧着国王送给公主的九十九朵玫瑰,走进马小岚房间时,发现房内空无一人,连她的两位好朋友晓晴和晓星也不见踪影。

梳妆台上留下一张字条。

万卡:

我寻找我的亲生父母去了。

至于你希望的事……再说吧!

    小岚